KB089274

아빠는 아직 준비가 안 됐어

언제나 내겐 어린아이로 남아 있을 너에게

아빠는 아직 준비가 안 됐어

윤정진 글·사진

꿈꾸는인생

prologue

우리가 함께한 기억

다슬이가 두 살 때였을 겁니다. 어머니가 그날 있었던 다슬이와의 일화를 저희 부부에게 이야기해 주셨습니다. 저희 세 사람은 크게 웃고는 각자 할 일을 했습니다.

30분이 지났을까요? 어머니가 해 주신 이야기가 기억나지 않았습니다. 무척 재미있었다는 건 기억나는데 말이죠. 아내에게 물어보니 아내 역시 기억을 못 합니다. 어머니도 기억을 못 하십니다. 시간이 흐르면 기억이 날까 기대했는데 아쉽게도 모두 기억해 내지 못했습니다. 소중한 추억 하나가 우리 기억 속에서 완전히 사라져 버린 것입니다.

문득 제 어린 시절을 떠올려 봤습니다. 다섯 살 이전의 기억은 거의 없습니다. 그 이후의 일들도 몇 가지만 어렴풋하게 생

각납니다. 그마저도 정확하지 않고요. 간혹 부모님의 대리기억이 몇 개 있을 뿐입니다.

딸 다슬이의 이야기를 기록하고 싶어진 건 그 이유입니다. 하나씩 기록해 두면 나중에 분명 소중한 보물이 될 거란 생각이 들었습니다. 그때부터 가족과의 에피소드를 SNS에 올리기 시작했습니다. 기록의 의미가 가장 컸습니다. 그런데 많은 분들이 공감해 주시고 말을 건네 오셨습니다. 그리고 책으로 엮으면 더 의미가 있겠다고 응원해 주셨습니다.

그래서 부족한 글이지만 딸에게 주는 작은 선물이라는 생각으로 이렇게 책으로 엮는 용기를 내었습니다.

2019년 가을

다슬이 간식 시간

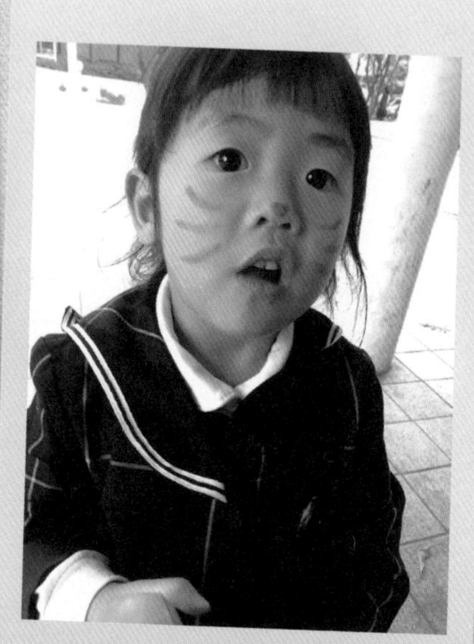

냥다슬

사과 머리

너의 웃음

이 구역의 패션리더

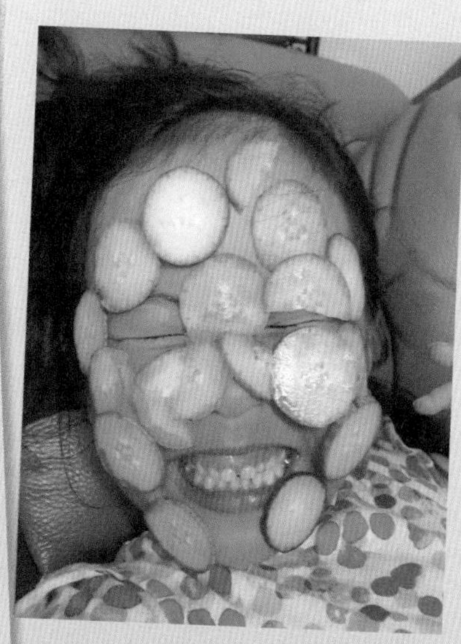

피부 관리

다슬아, 아빠가 곁에 있다는 걸 잊지 마.

고맙고, 사랑해.

contents

1부 다슬이 세 살

2부 다슬이 네 살

3부 다솔이 다섯 살

4부 다솔이 여섯 살, 일곱 살

5부 다솔이 여덟 살

1부

,

다솔이 세 살

아들을 바랐던 제게 딸이 찾아왔습니다.

딸을 통해 배우고,

변하게 되는 게 참 많습니다.

2012년 5월 16일

내 딸, 다슬이

어렸을 때부터 아들을 원했습니다. 이유는 한 가지, 여자로 살기에 세상은 너무 험하기 때문입니다. 아들을 낳으면 “네가 원하는 대로 살되, 남들에게 피해는 주지 말고 살아라”라고 말하고 싶었습니다.

그런데 아들이 아닌 딸이 제게 찾아왔습니다. 게다가 아내만큼이나 예쁩니다. 그래서 기쁜 만큼 걱정도 큽니다.

아내가 무뚝뚝한 편이라서, 아내와 달리 애교가 있었으면 하는 바람과 남들에게 끌려 다니지 않고 인생을 주도하며 살기를 바라는 마음을 담아 ‘다슬’이라고 이름 지었습니다. “항상 ‘다’정하고, ‘슬’기로워라” 하는 뜻입니다. 이름 덕분인지 인사 잘하고 애교 있는 다정한 아이로 자라고 있습니다.

뉴스를 볼 때마다 마음이 무겁습니다. 세상이 왜 이런가 싶습니다. 다슬이도 앞으로 여러 어려움들을 만나게 되겠죠. 그때마다 슬기롭게 잘 헤쳐 나가길 원합니다.

제겐 작은 소원이 하나 있습니다. 다슬이가 공부를 잘하는 것도 아니고, 장차 좋은 남자를 만나는 것도 아닙니다. 아내의 피아노에 맞춰 저와 이중창을 부르는 것입니다. 물론 아이에게 즐거운 일이어야겠습니다. 아내가 행복한 일을 하며 살았으면 좋겠고, 제 딸도 그렇게 살았으면 좋겠습니다.

출근하는 제게 가지 말라고 하다가도, 결국엔 배꼽 인사를 하는 딸을 보고 나오니 저도 모르게 몇 글자 적게 됩니다.

2012년 7월 4일

천사와 살고 있습니다

아이가 무슨 심사가 뒤틀렸는지 아침 내내 찡얼거립니다. 밥을 줘도 먹지 않고 바닥에 버리길래 다그쳐도 봤지만, 영 말을 듣지 않습니다. 막무가내입니다.

이런 와중에 아내는 늘 그래왔듯 자애로운 표정과 다정한 말투로 무엇이 불만인지, 뭘 원하는지 아이에게 끊임없이 묻고 또 묻습니다. 저 여자가 과연 나랑 연애할 때 내 애를 태우던 그 여자가 맞나 싶을 정도입니다.

천사들이 이 땅에 내려왔다면, 세상 모든 엄마와 아기들일 거라는 생각이 듭니다. 만약 하늘에서 내려온 천사가 단 둘이라면, 제 아내와 제 아이일 테고요.

그런데 그 천사가 하나라면, 제 아내일 게 분명합니다.

천사가 아니고서야 저럴 수 없습니다.

제게 천사 같은 딸을 안겨 주고, 그 천사를 진짜 천사로 만들기 위해 천사로 변한 아내가 참 사랑스럽습니다.

2012년 7월 9일

인연에서 운명으로

평범한 대학생 커플이 있습니다.

모 방송사 미팅 프로그램에 출연한 날, 뒤풀이 자리에서 마주 앉은 것이 두 사람의 첫 대면이었습니다. 여학생에게 첫눈에 반한 남학생의 적극적인 구애로 만남이 이어졌습니다.

성격이 급한 남학생은 바로 고백을 했지만, 신중한 여학생의 답변을 듣기까지 6개월 이상을 기다려야 했습니다. 여학생의 학교는 서울에, 남학생의 학교는 지방에 있어서 주말에만 만날 수 있었고, 유독 시험 기간이 긴 남학생 때문에 3, 4주 만에 보는 경우도 많았습니다.

남학생은 졸업 이후에 더 바빠져서 늘 힘들어하고 피곤해 했습니다. 게다가 다른 남자들보다 훨씬 늦게 입대를 하게 됐고, 이러저러한 이유로 자주 못 보는 상황이 이어져 둘은 많이 다퉜습니다.

두 사람의 가정 형편이 가장 어렵던 군복무 시절, 두 사람은 결혼을 합니다. 그리고 지금, 두 돌인 딸과 함께 행복하게 살고 있습니다.

1996년 7월 9일은 두 사람이 처음 만난 날입니다.

16년 전의 인연을 현재는 운명이라고 부릅니다.

매년 오늘이 되면 인연이 운명으로 바뀌는 수많은 사건들을 추억합니다.

2012년 7월 11일

손수건을 건네는 삶

문틈 사이로 곤히 자고 있는 딸이 보이는 자리에서 아내와 아침식사를 합니다. 둘의 대화 소리에 다슬이가 잠에서 깹니다. 눈이 마주치자 두 돌 된 딸 다슬이가 누운 채로 묻습니다.

"아빠, 땀 나?"

뜬금없는 말에 입안의 밥알들이 튀어나올 뻔했습니다. 다슬이는 웃음을 참고 있는 저희를 보고 방긋 웃더니, 자리에서 일어나 까치발을 하곤 침대 옆 옷장에서 무언갈 찾습니다. 그리고 제게 가져옵니다.

"아빠 땀."

다슬이의 처진 눈과 내민 손을 번갈아 봅니다. 다슬이의 손에 아기 손수건이 들려 있습니다. 아내와 전 다시 한 번 아까와는 조금 다른 웃음을 짓습니다.

평소 제가 땀이 많은 걸 조금은 싫어했던 다슬이의 돌발행동에 마냥 흐뭇해하며 식사 후 소파에 앉아 있는데, 아이는 제가 식탁에 두고 온 그 대가 없는 사랑을 집어 와 다시 한 번 건넵니다. 앞의 두 웃음과는 또 다른 미소를 지으며 손수건을 받아 들곤, 실제론 없지만 다슬이가 있을 거라고 믿는 그 땀을 닦습니다. 그런 저를 보며 다슬이가 행복해합니다. 아내도 웃습니다. 장마라 땀이 많이 나서 힘들다고만 생각했는데, 땀이 있어 손수건이 있고, 그 손수건을 건넬 손이 제게 있음을 배웁니다.

앞으로의 제 삶에서 땀 흘리며 힘들어하는 누군가에게 건넬 손수건이 많길 기대합니다. 혹 그 손수건이 다른 이에게 최고의 것이 되진 못한다 해도, 진심을 다해 손수건을 건네는 손을 갖길 희망합니다.

2012년 7월 12일

오직 당신께 드립니다

종갓집이라는 자긍심 하나밖에 없는, 아이만 아홉 명인 집이 있었습니다. 9남매 중 넷째이자, 5형제 중 둘째인 소년에게는 배움의 기회가 주어지기 힘들었습니다. 워낙 가난한 탓이었습니다. 소학교를 졸업한 소년은, 일 년 뒤에 중학교에 보내 준다는 아버지 말씀에 순종해 농사일을 돕습니다. 하지만 아버지는 일 년이 지나도 학교를 보내 주겠다는 말씀이 없습니다. 이에 소년은 큰 결심을 합니다. 그해 농사에 쓰일 씨앗들을 내다 팔아 공납금을 마련한 것입니다. 중학교에 등록을 하고 나서야 그 사실을 아버지께 알리고 용서를 구합니다. 아버지는 사안이 중대함에도 아들을 혼내지 않습니다.

어렵게 들어간 중학교에서 소년은 쌀이 없어 빈 도시락을 들고, 마치 안에 밥이 있는 것처럼 속이고 교문을 들어가다가 서슬 퍼런 선도부에게 걸려 두들겨 맞고 쫓겨나기도 합니다.

겨우 중학교를 졸업하고 고등학교에 진학하지만, 가난은 더 이상 소년을 학교에 머물지 못하게 합니다. 가난은 그렇게 소년의 심장에 상처를 냅니다.

군복무를 마친 그가 집에서 농사를 도울 때, 동네 이장님이 공무원 시험을 권하며 교재까지 마련해 줍니다. 청년이 된 그는 주경야독으로 공무원이 됐고, 한 여자를 만나 가정을 이루고 두 아들을 낳습니다. 그 두 아들들은 평생에 아버지의 눈물을 딱 두 번 봅니다. 가난 때문도, 어떤 이에 대한 원망 때문도 아닙니다. 그저 못 배운, 본인의 의지와 상관없이 박탈당한 교육의 기회 때문이었습니다.

그렇습니다. 제 아버지 이야기입니다.

우연히 아버지의 중학교 시절 성적표를 할아버지 댁에서 본 적이 있습니다. 전교 2등이었습니다. 공부에 뜻이 있고, 공부를 잘했음에도 학업을 이어 갈 수 없는 것이 얼마나 속상하셨을까요? 덕분에 나이 마흔이 가까워 오는 지금까지 그의 아들은 여전히 공부하고 있습니다. 곧 마무리될 박사 학위 논문의 '감사의 글'에는 딱 한 줄만 쓰려고 합니다.

'아버지, 오직 당신께 드립니다.'

2012년 7월 26일

가치들의 크기

대학에서 공부를 하며 가장 어려운 게 형용사라는 사실을 깨달았습니다. '좋은' 것, '싼' 것, '큰' 것 등을 나타낼 때의 그 형용사 말입니다. 예를 들어 이런 경우입니다. 치아를 씌우는 크라운에는 금, 도자기, 금속에 도자기를 덮은 것 등 여러 종류가 있는데, 환자들은 항상 "뭐가 좋아요?"라고 묻습니다.

환자가 원하는 것은 깨지지 않고, 오래가며, 티 안 나고, 싼 것입니다. 이건 마치 친구에게 소개팅을 부탁하며, "난 별로 바라는 것 없어. 그냥 착하고 예쁘고 순종적이고 몸매 좋고 돈 많고 요리 잘하고 나만 좋아해 줄 사람이면 돼"라는 것과 같습니다. 세상에 그런 여잔 없습니다.

씌우는 재료들 중에도 위의 조건을 모두 만족하는 것은 아직 없습니다. 물론 각 재료의 장단점은 있습니다. 예를 들어, 금은 절대 깨지지 않습니다. 하지만 보기에는 좋지 않습니다. 반면 도자기는 예쁘지만 깨질 가능성이 있습니다. 같은 부위라도 젊은 여성이라면 도자기 쪽이, 나이 드신 남성이라면 금이 추천됩니다. 물론 절대적인 것은 아닙니다.

우리는 수많은 선택의 순간에, 자신이 추구하는 가치들의 크기에 의해 결정을 내립니다. 중요한 것은, 첫째, '추구하는 가치가 무엇인지 아는 것', 둘째, '그에 대한 확고한 믿음', 셋째, '결정에 대한 만족'이 아닐까요?

전 아내만큼은 위 세 가지 모두 성공했습니다.

2012년 7월 27일

정녕 같은 분입니까

아들만 둘인 제 아버지께선 늘 필요한 말씀만 하셨습니다. 농담이나 유머는 실없는 것이라 여기며 사신 분입니다. 두 아들은 물론 아내마저 애교가 없어 집안 분위기가 그리 밝은 편은 아니었습니다.

아버지는 식당에서 아이들이 뛰거나 친척 모임에서 아이들이 시끄럽게 떠드는 것을 매우 싫어하셨습니다. 그런 행동은 가정교육이 잘못된 탓이라 생각하셨습니다. 두 아들들의 생각도 아버지의 생각과 별반 다르지 않았습니다.

그런데 이를 어쩝니까. 손자를 바라셨고, 아들들에게 사용한 훈육방법을 다시 한 번 쓰려 하신 아버지가 뒤통수를 맞게 된 것입니다. 아무런 대비 없이 맞이한 손녀로 인해, 아버지는 아들보다 더 혼란스런 상태가 되고 맙니다. 울면 혼내고, 노력하지 않으면 다그치고, 잘못하면 매를 들어, 두 아들보다 더 바르게 키우겠단 아버지의 소망은, 잘 몰라서 못했던 것들을 맘껏 실행하여 아버지 역할에 대한 아쉬움을 떨쳐 보려 했던 아버지의 작은 바람은 산산이 부서집니다.

자신을 보면 비명을 지르며 기뻐하고, 헤어질 땐 꼭 안겨서 도리어 엄마에게 "빠이빠이"를 하는 손녀 때문에, 아버지에겐 세상의 도덕이나 규칙 따위는 아무것도 아닌 게 되고 말았습니다. 이제 아버지는 '아이니까' 시끄러워도 괜찮고, '아이니까' 뛰어다녀도 상관없다고 생각하십니다. 저를 키워 주신 분이 분명 맞는데, 저희를 혼내시던 바로 그분이 분명한데, 지금의 아버지는 그때 그분이 결코 아닙니다.

제 아버지의 손녀는 아버지의 평생에 깊었던 근심주름을 얕게, 얕았던 웃음주름을 깊게 해 드렸고, 아들들이 자랑스러워서 지었던 한정된 미소를 옆 사람에게도 전염시킬 만한 호탕한 웃음으로 바꿔 드렸습니다. 아버지의 손녀는 엄마나 할머니보다도 할아버지를 더 좋아합니다. '우리 하부지'라고 합니다.

제가 태어나 아버지께 한 일 중 가장 잘한 일은 아버지께 손녀를 안겨 드린 일이라 생각합니다. 아버지의 건강이 허락한다면, 훗날 제 딸의 신부 입장 때 딸과의 동행을 아버지께 양보하고 싶습니다.

2012년 8월 4일

서로 다른 이야기

한참 전의 일입니다. TV를 같이 보던 아내가 화면 속 여배우를 보며, "5번이 작네"라고 합니다. 전 깜짝 놀랐습니다. '어떻게 여배우가 미소 짓는 그 짧은 순간에 5번 치아인 두 번째 작은 어금니를 봤으며, 그게 짧은 걸 알았을까.' 삼 년이 지나 풍월을 읊는다는 그 서당개가 생각났습니다. 아내에게 물었습니다.

"어떻게 그 짧은 순간에 그걸 봤어?"

아내는 별로 놀라지도 않고 대답합니다.

"뭐 딱 보이는구만. 저 봐, 지금도 보이네."

TV로 시선을 옮긴 저는 다시 한 번 놀랐습니다. 이번엔 여배우가 입도 벌리지 않은 상태였습니다.

"입을 다물고 있는데 치아가 작은지 어떻게 알아?"

"웬 치아? 손가락 봐봐. 새끼손가락이 짧잖아."

피아노를 전공한 아내는 여배우의 새끼손가락(5번)을 지칭한 것이고, 치과 의사인 저는 두 번째 작은 어금니(5번)로 이해했던 것입니다.

평소에 같은 이야기를 한다고 생각했지만, 실제로는 엉뚱한 대화를 하는 경우가 많습니다. 서로 상대방의 입장과 기준에서 생각하고 얘기한다면 실수를 줄일 수 있을 겁니다.

2012년 8월 5일

아이러니

'아이러니'라는 말이 있습니다. 다음 에피소드는 제가 늘 겪는 아이러니한 상황 중 하나입니다.

제 아내는 일곱 살에 피아노를 시작해서 지금껏 단 하루도 피아노와 떨어져 본 적이 없는 사람입니다. 아내가 연주하는 악보의 수많은 음표와 쉼표들은 보는 것만으로도 질리지만, 그것을 건반 위로 옮겨 내는 열 손가락들의 현란한 춤사위는 경탄스럽기까지 합니다. 단순히 음표와 쉼표를 옮겨 놓는 게 아니라 작곡자의 의도와 감정을 표현하는 데는 더 높은 경지가 필요합니다. 저는 아내의 열 손가락이 만들어 내는 음악을 존경하며 사랑합니다.

저희 집 현관을 통과하려면 번호키에 설정된 간단하고 쉬운, 단지 몇 자리의 숫자가 필요합니다. 집에서 아내를 기다리는 많은 날들 중 어느 날, 엘리베이터가 열리며 발자국 소리가 들립니다. 곧이어 번호키 커버를 올리는 소리가 납니다. 그리고…

“삑 삑삑 삐 삐리삐리삐리 에이.”

커버를 내렸다 올리는 소리가 들리고 번호를 다시 입력하는 소리가 들립니다.

열 손가락으로 피아노 건반은 그렇게 멋들어지게 연주하는 아내는 한 손가락으로 번호키 몇 자리 누르는 걸 많이 힘들어 합니다. 아이러니하게 말입니다.

2012년 8월 13일

운전하는 아내

친구들이 저에 대해 가장 부러워하는 것은 바로 제 아내가 운전을 한다는 것, 술을 안 먹는다는 것입니다. 함께 어디를 다녀도, 전 맘껏 술을 먹고 아내는 제 전속 기사가 됩니다. 게다가 차를 대부분 아내가 사용하기 때문에 웬만한 잡일을 아내가 다 합니다.

아내가 운전면허를 딴 건 제가 인턴 때쯤입니다. 어느 주말 데이트를 하는데, 현 아내인 당시 여자 친구가 예비 장모님 차를 가지고 나왔습니다. 여자 친구는 드라이브를 하자고 했고, 전 매우 불안했지만 겉으로 내색하지 않았습니다.

당시 성남에 살던 아내는 드라이브하기 좋은 곳이라며 안전벨트의 안전성을 몰래 연거푸 확인하고 있는 저를 남한산성으로 데려갔습니다. 남한산성 길은 예전 대관령 길과 비슷합니다. 심하게 굽어 있으며, 한쪽은 낭떠러지입니다. 여자 친구는 왕복 이차선 길을 너무나도 쉽게 한 차선으로 이용했습니다. 노란색 중앙선을 차선 바꾸듯 넘나들더니 급기야 라디오를 검색하기까지 합니다. 라디오를 조작하는 여자 친구를 보며 전 폭발했습니다.

"지금 같이 죽자는 거야?!"

여자 친구는 무척이나 서운한 듯 한마디 합니다.

"그럼 혼자만 살자는 거야?"

"……."

네, 그래서 저흰 지금까지 같이 살고 있습니다.

2012년 8월 21일

이제야 조금 알겠는 마음

원내생 생활이 끝나갈 무렵 제가 직접 치료해 드렸던 50대 남자 환자분이 기억납니다. 약속제로 움직이는 탓에 시간에 민감할 때입니다. 하지만 이분의 경우 제가 진료했기 때문에 넉넉하게 약속을 잡아서 좀 늦으셔도 상관없었습니다. 게다가 제가 아직 치과의사면허를 따기 전이라 오히려 제게 치료를 받으시는 아저씨가 고마웠습니다.

늘 조금씩 늦으시던 아저씨가 연락도 없이 안 오시더니, 2주 뒤에 불쑥 찾아오셨습니다.

"아버님, 어찌 되신 거예요?"

"사실 제 딸이 아파서 대학병원에 입원해 있었습니다."

간호를 하던 중 딸이 자거나 딸을 맡아 줄 사람이 있으면, 그동안 바쁘게 사느라 미루었던 치과치료를 받으러 오셨던 겁니다. 딸이 아빠와 떨어지는 게 싫어 아빠를 붙잡으면 약속에 늦었던 것이고요.

"아 그럼 지난주엔 퇴원하느라 못 오셨나 봐요."

"네, 퇴원했습니다. 이젠 안 늦을 겁니다."

"잘되셨네요. 따님은 집에 있고요?"

갑자기 아저씨의 표정이 작위적으로 환하게 바뀌셨습니다.

"예, 잘됐죠. 이젠 하늘에 있으니 더 이상 딸이 아프지 않겠죠."

"……."

그 후로 꽤 많은 시간이 조용히 아주 조용히 흘렀습니다.

요즘 딸의 재롱을 보며 그분의 당시 심정을 조금이나마 헤아리게 됩니다.

2012년 8월 22일

힘이 나는 말

고등학생 시절, 평소와 달리 심하게 시험을 못 본 뒤 핑계거리를 찾는 제게 아버진 아무 말없이 "최후에 웃는 자가 승리자다"란 글귀를 제 책상 위 책장 앞에 붙이셨습니다.

대학시절 용돈이 필요할 때, 어머니는 돈을 부치셨다며 "굶지 말고 다녀라" 늘 말씀하셨습니다.

매주 목요일 노래 연습 후 늦게까지 술 먹고 들어오는 제게, 아내는 "오빠가 즐거우면 됐어. 열심히 해" 하며 응원합니다.

오늘 아침 출근하는 제게 걱정스런 표정으로 다슬이가 말합니다.

"조심히 다녀. 울지 말고."

제가 힘들다고 하면 사치겠죠?

2012년 9월 10일

그런 존재

요즘 딸의 애교가 늘고 있습니다.

늦잠을 자고 있는 다슬이를 두고 그냥 출근하기가 아쉬워서, 자고 있는 다슬이에게 귓속말을 합니다.

"다슬아, 아빠 출근하는데 그냥 잘 거야?"

대답이 없습니다. 아쉬운 저는 몇 번을 더 속삭입니다. 미동도 않던 다슬이가 입가에 미소를 보이더니 입술만 쭉 내밉니다. 눈은 감은 채로 말입니다. 전 얼른 뽀뽀하고 출근합니다.

전에 제 안경 벗은 얼굴을 보더니 이상하답니다.

"다슬아, 아빠 이상해?"

"응, 이샹해~~"

요즘은 같이 놀다가도 뜬금없이 "아빠, 이뻐" 하면서 뽀뽀를 해 줍니다. 전 안경을 벗어 다슬이를 보며 묻습니다.

"아빠, 이상해?"

"아니, 안 이상해. 이뻐."

다시 '쪽' 합니다.

어제 저녁 같이 밥을 먹던 다슬이가, 제가 할머니와 어머니께 들었던 말을 제게 합니다.

“아빠, 많이 먹어. 그래야 팔도 길어져. 다리도 길어져. 어깨도 길어져….”

“응, 알았어. 많이 먹을게.”

탄력을 받은 다슬이가 하나둘씩 덧붙이고, 저는 그때마다 대답을 합니다.

“튼튼해져.”

“응.”

“이뻐져.”

“응.”

“착하고”

“응.”

“귀여운”

“응.”

“아이들의 꽃동산.”

“응?”

아내와 전 뒤로 쓰러졌습니다. 뒤늦게 뭔가 이상하다고 느낀 다슬이가 씨익 웃습니다.

딸은, 저를 만나기 전 아내의 모습을 상상할 수 있게 해 주는 존재인 것 같습니다. 아빠에게 딸이란 그런 존재입니다.

2012년 10월 17일

남이 해 준 밥

추석 연휴를 이용해 제주도에 다녀왔습니다. 부모님과 저희 세 식구가 함께하는 첫 번째 여행이었습니다. 늘 그랬듯 여행의 모든 일정을 짜는 일은 아내 몫입니다. 아내는 결정권과 잡일을, 전 복종과 편안함을 챙긴 결과입니다.

저와 아내보다 부모님을 더 좋아하는 다슬이는 비행기에서도 부모님 사이에 자리를 잡습니다. 칭얼거리면 어쩌나 걱정했는데, 처음 타는 비행기에서도 무척이나 씩씩하게 웃고 떠듭니다.

제주도의 여러 곳을 돌아보며 즐거워하는 다슬이와 부모님을 보며 저희 내외 역시 즐거웠습니다. 하나부터 열까지 잘 준비해 준 아내가 참 고맙고 사랑스러웠습니다.

아침 식사는 숙소 식당의 뷔페를 이용했습니다. 혈압 약을 복용하시는 아버지는 맛이 있고 없고를 떠나 적정량만을 드시는데, 어머니는 뷔페 음식들을 무척 좋아하시며 많이 드십니다. 그런 어머니께 농담 섞인 말을 건넵니다.

"아니 아무리 맛있으셔도 그렇지 뭘 그렇게 많이 드세요?"

옆에서 아버지도 거드십니다.

"그러게. 뭘 그렇게 많이 먹어?"

어머니는 들은 체도 않고, 새로운 접시를 향해 갑니다. 그 후로도 몇 번을 더.

식사를 마치고 나와 천천히 숙소를 향해 가는데, 어머니의 한마디가 제 걸음을 주춤하게 했습니다.

"남이 해 준 거라 그래. 그래서 많이 먹었어. 평생 내가 한 것만 먹다가."

어머니는 남편과 자녀를 위해 평생 밥을 지으셨습니다. 아들들이 학생 때는 도시락을 싸고, 큰아들 재수 시절엔 하루에 도시락을 2개씩 싸셨습니다. 거기에 식당까지 하셨으니….

이제부터는 어머니께 남이 한 음식을 많이 사 드려야겠습니다.

엄마, 말씀만 하세요. 뭐든 사 드릴게요.

2012년 10월 29일

철저한 준비

"결혼하면 엄마보다 아내 말만 들을 거지?"

"내가 더 예뻐? 딸이 더 예뻐?"

"아빠, 날 사랑해? 엄말 더 사랑해?"

남자들이 살면서 듣게 되는 가장 난감한 질문들에 포함되는 물음일 겁니다.

저는 아직은 이런 질문을 받아 본 적 없지만, 혹시 몰라서 답변은 늘 준비하고 삽니다.

아는 여자 중 가장 예쁜(사랑하는) 기혼 여성은 '아내'

아는 여자 중 가장 예쁜(사랑하는) 미혼 여성은 '딸'

아는 여자 중 가장 예쁜(사랑하는) 남의 여성은 '엄마'

이걸로 모두 해결됩니다. 아내에게 확인해 봤습니다.

누군가 "무슨 답이 그래?"라고 한다면, 전 이렇게 대답하겠습니다.

"질문도 마찬가지입니다."

2012년 11월 2일

누구의 아량이 더 큰가

알람 시간보다 10분 일찍 눈이 떠졌지만 몸이 무거워 다시 눈을 감습니다. 그런데 눈을 감자마자 알람이 울립니다. 분명히 안 잤는데 말입니다.

정신을 차리고 샤워를 합니다. 아내는 아직도 꿈나라. 밥을 안 주려나 봅니다. 어쭈. 일단 참습니다. 전 아량 있는 남자입니다.

냉장고를 열어 우유를 꺼내 유통기한을 확인합니다. 간혹 묵은 우유가 있어 살기 위해 생긴 버릇입니다. 살았습니다.

드라이기 소리에도 아내는 미동도 없습니다. 아량 있는 남자지만 결국 깨웁니다. 간혹 우유를 묵히는 아내가 가까스로 깨어납니다.

"오늘 춥대. 나 뭐 입어?"

"베란다 나가 봐. 거기 바지 있어."

속옷 차림으로 나간 베란다는 춥습니다. 추워도 너무 춥습니다. 보이지 않는 바지를 찾고 있는데, 안방에서 간혹 음식 곰팡이를 연구하는 아내의 음성이 들립니다.

"바지 여기 있다."

"……."

아량 많은 남자는 아무 말 않고 안방으로 갑니다. 간혹 벌레도 만드는 아내가 침대에 앉은 채 피아노로 단련된 2번 손가락을 움직입니다.

"저기 있어."

참다못한 남자는 가끔 재채기하다 컵을 깨기도 하는 아내에게 한소리 합니다.

"야, 좀 챙겨 줘. 뭐하는 거야."

그러자 딸도 만드시고, 벌레도 만드시고, 곰팡이도 만드시는 전지전능한 아내님 가라사대,

"새벽 3시 반에 들어와서 뭐라는 거야."

"……."

자비로우신 아내님, 죄 많은 저를 용서하소서.

2012년 11월 11일

세상에서 제일 무서운 것

호랑이와 깜깜 고양이, 로봇청소기를 무서워하는 다슬이에게 그것들과는 비교할 수 없이 더 무서운 존재가 생겼습니다. 한 달 전쯤 엘리베이터에서 바로 아래층에 사시는 아주머니를 만났습니다. 처음 뵀지만 늘 그래왔듯 다슬이에게 인사를 시켰습니다.

"안녕하세요 해야지!"

"안녕하세요."

아주머니는 다슬이에게 친근하게 말을 거십니다.

"안녕. 너였구나. 생각보다 많이 어리네."

예상치 못한 아주머니의 반응에 궁금함이 생겨 대화를 좀 더 해 보니, 아주머니께 고3 아들이 있답니다. 평소 밤에는 뛰지 못하게 주의를 주지만, 왜 그래야 하는지 상황을 이해하지 못하는 다슬이에겐 조심히 걸어야 하는 게 꽤 어려운 일이었습니다.

그날 이후, 다슬이가 밤늦게 뛰려고 하면 더욱 주의를 줍니다. 확실히 뛰는 게 많이 줄었습니다.

아내가 다슬이에게 묻습니다.

"세상에서 제일 무서운 게 뭐야?"

다슬이가 한 글자 한 글자 또박또박 말합니다.

"고, 3, 엄, 마."

이번에 수능시험을 치렀을 고3 아이가 좋은 성적을 거뒀기를 바랍니다. 그렇지 않으면 고3 엄마는 더 무서운 존재인 '재수생 엄마'가 될 테니 말입니다.

Dr.

2012년 11월 23일

아직은 어려운 문제

살다 보면 아리송할 때가 있습니다. 9년을 연애하고 아이 없이 몇 년을 함께한 저희 부부의 서로를 향한 호칭은, "유진아" "오빠"입니다. 다슬이가 저희에게 온 뒤에는 나름 신경을 쓰지만, 무의식중에 예전 호칭이 튀어나올 때가 있습니다.

거실에서 다슬이가 열심히 가위질 놀이를 하는데 아내가 저를 부릅니다.

"오빠."

"응."

가만히 있던 다슬이가 저희를 쳐다보며 화를 냅니다.

"오빠 아냐. 다슬 아빠야."

어느 저녁에 소파에 나란히 기대어 있던 저희 부부가 다슬이에게 남자와 여자를 구분하는 방법을 알려 주었습니다. 다슬이에게 수염을 보여 주며 말했습니다.

"다슬아, 남자는 수염이 있어. 그래서 아빠는 남자야."

"남자?"

"응. 다슬이는 수염이 없으니까 여자."

"다슬이는 여자?"

"응."

"엄마는?"

"다슬이가 봐봐. 수염 있나."

다슬이가 엄마 턱을 봅니다. 얼핏 "엄마는 여…" 하더니 다시 자세히 봅니다.

"남자네."

당황한 저는 다른 기준을 알려 줍니다.

얼마 후, 다슬이 옷을 사러 간 곳에서 다슬이가 그 다른 기준에 비춰 한 아이를 보며 말합니다.

"언니네."

그곳엔 머리가 긴 아이가 있었습니다. 붙임성 좋은 다슬이가 계속 따라다니며 "언니네 언니, 언니" 하자 참고 있던 그 아이가 한마디 합니다.

"나 남자야. 오빠라고."

충격을 받은 다슬이가 의아하고 원망스럽고 혼란스러운 표정으로 절 보며 자신의 머리를 만지작거립니다.

"언닌데…."

"……."

아직 시간이 필요한 듯합니다.

2012년 12월 3일

평생 선물

어젯밤 다슬이가 잠든 뒤 부엌이 시끄럽습니다. 아내가 다음 날 아침식사를 미리 준비하나 봅니다. 무척이나 바쁜 하루였단 걸 알기에 피곤해하는 아내에게 아침 준비를 만류했지만 허사였습니다.

오늘 아침, 아내의 사랑과 정성이 가득한 국을 먹고, 침대에 누워 어제 있었던 재미난 일들을 눈 감은 채로 곱씹는 다슬이에게 계속 말을 겁니다. 여전히 눈을 감은 채로 한마디 합니다.

"아빠, 샤랑해."

이 평생 선물을 준 아내가 차려 준 건 제 생일상입니다.

"유진아, 널 알게 된 이후로 내겐 선물이 필요 없어졌어. 게다가 다슬이까지 줬잖아. 그리고 오늘 축하받아야 할 사람은 내가 아니야."

어머니, 아버지 낳아 주셔서 고맙습니다.

2012년 12월 6일

한없이 다정하고 슬기롭다

다슬이가 오늘 어린이집에서 낮잠을 자지 않았답니다.

"다슬아, 잠 안 자고 뭐했어?"

"음, 생각했어."

"무슨 생각?"

"엄마가 오나? 아빠가 오나?"

"그랬어?"

다음 날 아내가 일찍 나가고 다슬이 할머니가 옆에 계신 상황에서 제가 같은 질문을 합니다.

"다슬아, 어제 낮잠 안 자고 무슨 생각했어?"

"아빠가 오나? 엄…"

말을 끊고 할머니를 힐끗 보더니, "할머니가 오나?" 합니다.

어제 아내가 제게 귀띔해 준 게 있습니다.

"다슬이 남자친구 생겼대."

"그래, 누군데?"

"어린이집에 다니는 수완이라는 애래."

행복한 표정의 다슬이가 이렇게 말합니다.

"나를 꼭 안아 줬어."

"다슬이는?"

"나도 꼭 안아 줬어."

아내가 다슬이에게 의미심장한 표정으로 묻습니다.

"다슬아, 아빠가 좋아 수완이가 좋아?"

다슬이가 엄마를 쓱 쳐다보더니 대답합니다.

"아빠가 좋아."

아내가 제게 웃으며 말합니다.

"다슬 아빠 들어오기 전엔 고민도 안 하고 수완이라고 그러더라고."

다정하고 슬기롭기를 바랐더니 정말 그렇게 커 가고 있습니다.

다슬아, 나중에 시집갈 때도 조금만 서운하게 해 줘.

2012년 12월 31일

30대를 보내며

제 30대가 15시간도 안 남았습니다.

마냥 준비만 했던 20대 때와는 달리 몇 가지 결실이 있었습니다. 전역을 하고, 개원을 했으며, 박사 학위를 취득하고, 중창단을 만들고, 다슬이를 품었습니다.

몇 시간 뒤에 펼쳐질 제 40대가 20대의 시작이던 대학 입학식 날보다 더 설렙니다. 행복한 일만, 좋은 일만 있을 거란 생각은 하지 않습니다. 어려움도 있겠지만 그 또한 모두 지나갈 것이며, 다른 성취들의 소중한 계기가 될 것임을 믿기에 두렵지 않습니다. 앞으로 있을 소중한 만남들이 벌써 기다려지며 그들과의 관계가 이미 추억이 됩니다.

30대를 아련하게 보내며, 최고의 30대가 될 수 있게 해 준 사랑하는 아내에게 감사함을 전합니다.

"다슬 엄마! 내 40대 첫 번째 미션은 당신의 남은 30대를 소중한 추억으로 채우는 일이야. 기대해도 좋아."

2부

다슬이 네 살

다슬이에게 비밀이 생기고,

좋아하는 남자친구가 생겼습니다.

궁금하고, 샘도 나고 그렇습니다.

2013년 1월 22일

호방한 아내

평소 사서삼경을 즐겨 읽는다는 후배의 조언에 꼭 그러마 했기에, 주말에 서점에 들러 책을 샀습니다. 그런데 오늘 책을 찾은 순간 경악했습니다. 공자님 말씀이 적힌 이 위대한 책 위에 다 마신 커피 잔이 떡 하고 올라가 있는 게 아닙니까. '설마 자국이 남진 않았겠지' 하며 조심스레 잔을 들자 "쩌어억" 소리가 납니다. 역시 자국이 남았습니다.

"다슬 엄마, 무슨 짓을 한 거야. 다른 책도 아니고 공자님 말씀인데 고작 컵 받침으로… 한 페이지도 안 읽었는데…."

피식 웃더니 대꾸도 없네요. 역시 호방합니다.

"아니, 남편을 존경하긴 하는 거야?"

아내님께서 소파 앞 바닥에 앉아 힐끔 보시더니 "뭐"라고 한마디 합니다. 아침부터 뭔 소리냐 표정이십니다.

출근하기 전, 날씨가 궁금해 부탁합니다.

"비오나 봐 줘."

아내님께서 밖을 대충 보십니다.

"안 와."

우산을 두고 나왔습니다.

… 비가 옵니다. 드라이로 말려 풍성하게 만든 파마 머리가 자꾸 주저앉습니다.

호방하고 대범하신 아내님, 책은 컵 받침이 아니에요.

2013년 1월 24일

비밀

아침에 아내가 주머니에서 무언가를 꺼내 보여 줍니다. '타임캡슐'이라고 쓰인 구 모양의 플라스틱 통으로, 반은 파란색, 나머지 반은 투명합니다. 투명한 쪽으로 꼬깃꼬깃 접혀 있는 종이가 보였습니다.

"다슬이 어린이집 선생님이 다슬이 거라고 준 거야."

"뭐 적혀 있는 게 있어?"

다슬이는 아직 한글을 모르니 적혀 있어 봤자 알 수 없는 그림뿐이겠지 생각하며 물어봤습니다.

"아니, 아무것도 안 적혀 있어."

전 의아했습니다.

"선생님이 아이들에게 이걸 나눠 주고 각자 소중하게 여기는 걸 말해 주면 선생님이 대신 적어 주는 거였대."

"그런데 왜 아무것도 안 적혀 있어?"

다슬이는 소중하게 생각하는 게 없나 싶어 약간 서운했는데, 그런 제 마음을 눈치챘는지 아내가 웃으며 선생님이 전해 준 이야기를 풀어놓습니다.

"다슬이 차례가 돼서 선생님이 '다슬이는 뭐가 소중하니?' 물었더니 '비밀이에요' 하더래. 선생님이 너무 신기하고 웃겼다며 얘기해 주더라고."

저와 아내는 잠시 크게 웃었습니다.

"그런데 비밀이란 단어는 어떻게 알았을까?"

"응, 내가 얼마 전에 알려 줬어."

에스컬레이터에서 아이들 발이 끼는 사고가 많다는 뉴스를 접한 후로, 에스컬레이터를 이용할 때면 항상 다슬이를 안고 탔습니다.

하루는 저 없이 다슬이와 아내가 에스컬레이터를 사용하게 되자 다슬이가 엄마에게 말하더랍니다.

"엄마, 안지 마."

"그래, 엄마 손 꼭 붙잡고 있어. 대신 아빠한텐 비밀이야."

"비밀이 뭐야?"

"응, 비밀은 둘만 아는 거야."

"응."

다슬이가 비밀로 하고 싶은 소중하게 생각하는 것이 무얼지 참 궁금합니다.

2013년 2월 12일

예민한 셰프

다슬이가 블록으로 뭔가를 열심히 만듭니다. 완성됐는지 두 손으로 받쳐 들고는 소파에 앉아 있는 제게로 조심조심 걸어옵니다.

"아빠, 드세요."

요리인가 봅니다.

"그래, 고마워."

한입 크게 베어 물어 오물오물 씹는 동작을 하니, 다슬이가 미간에 11자 주름을 만들며 말합니다.

"케이크잖아. 먼저 '후' 해야지!"

아차 싶습니다.

"아, 다슬아 미안."

얼른 불을 끕니다.

"후."

이번엔 왼쪽 눈썹까지 치켜올립니다.

"멀리서 불면 안 꺼지잖아!"

이런…. 케이크가 생각보다 작은 모양입니다. 가까이에서 다시 불을 끕니다.

“후우.”

다슬이 얼굴이 밝아지는 걸 확인한 뒤 다슬이 얼굴을 보며 한입 베어 뭅니다. 또 일그러지는 아내님의 분신.

“칼로 잘라 먹어야지.”

아놔.

겨우 다 먹은 케이크를 옆에 두고 TV를 보고 있는 제게 다슬이가 또 뭔가를 조심조심 가져옵니다. 이번에 뭘까? 국그릇 안에 바나나가 담겨 있습니다. 눈치를 보며 바나나를 집어 입에 넣는 시늉을 하니 이제는 목소리까지 깔며 한마디 합니다.

“뜨거운 거잖아. 식혀 먹어야지.”

… 또 시작입니다.

2013년 2월 13일

감사합니다

장인 장모님께 보내 드린 메시지입니다.

[요즘 다슬이의 재롱에 순간순간 넋을 놓을 때가 많습니다. 마흔이 될 때까지 누군가의 애교에 맘을 뺏긴 적이 없던 제가 말입니다. 퇴근해서 집에 오면 폴짝폴짝 뛰며 저를 꼭 안아 줍니다. 그리고 '보고 싶었지만 참았다'고 말합니다. 그런 다슬이를 보면, 하루 종일 쌓였던 피로는 이미 없던 게 됩니다.

바빠서 출근길을 배웅하는 다슬이를 안아 주지 못하는 날엔, 어느새 자기 눈보다 더 큰 눈물을 만들어 냅니다. 그런 다슬이 앞에서 평생 끔찍이도 싫어했던 지각에 대한 염려는 말끔히 사라집니다. 간혹 안 되는 걸 원할 때, 제 품으로 와 꼭 안긴 채로 저를 올려다봅니다. 그 검은 눈동자에 안 된다고 다짐했던 것들이 스르르 녹아 사라집니다. 한없이 나약한 저의 새로운 모습을 발견하는 게 마냥 신기합니다. 부모에게 딸은 그런 존재인 것 같습니다. 평생 가지고 살아온 신념, 의지 등을 아무렇지 않게 바꿔 버리거나 없애 버리는 그런 존재.

내일은 두 분의 사랑스러운 딸이 태어난 날입니다. 이제는 한 남자의 아내이자 한 아이의 엄마가 되었지만, 두 분께는 언제나 동그랗고 까만 눈동자로 순간순간 두근거림을 선사하던 그 어린 딸이겠지요.

재롱부리는 다슬이를 보며 아버님, 어머님의 마음을 조금이나마 헤아릴 수 있게 됐습니다. 다슬이가 알려 준 두 분의 마음으로, 다슬 엄마가 아닌 두 분의 유진이에게 최선을 다하려 합니다.

유진이의 생일을 맞아 두 분께 제 마음을 전합니다.

아버님 어머님, 감사합니다.]

2013년 3월 29일

커플링

어제 커플링을 했습니다. 기념일은 아니지만 어제는 제가 살아가는 소중한 오늘 중 하나였기에 충분히 기념할 수 있는 날이라 생각했습니다.

하루에도 십수 번 손을 씻어야 하는 저나 몇 시간씩 피아노와 씨름하는 아내에게 반지란 여간 불편한 것이 아닙니다. 그래서 연애 초기에는 늘 끼던 반지가 어느새 귀찮은 것이 되어버렸지요.

커플링 없이 잘 지내던 제가 갑자기 커플링을 하자고 아내에게 제안한 건, 그냥 '아무 이유 없이'입니다. 이유 없이 하는 일도 가끔은 필요할 것 같아서입니다.

역시나 반지는 상당히 불편합니다. 계속 신경이 쓰입니다. 그리고 이 불편함이 계속 한 사람을 생각나게 합니다. 진주조개 속 예쁜 진주는 이물질에 더해진 조개의 불편함이 만든 결과 아니겠습니까?

마흔이 되어서야 겨우 반지의 의미를 희미하게나마 이해하게 됩니다.

2013년 8월 3일

살아가는 이유

제게는 사랑하는 세 여자가 있습니다.

한 여자는 이탈리아에서 본인의 위치를 확인하고 왔습니다. 그 여자는 제가 생각했던 것보다 더 대단한 사람이라는 걸 시간이 흐를수록 알게 됩니다. 아마 그 여자는 앞으로 더 대단한 사람이 될 게 분명합니다. "존경합니다."

또 한 여자는 그녀의 딸입니다.

고작 만으로 네 살입니다. 그런데 엄마 없는 보름 동안 단 한 번도 엄마를 찾으며 울지 않았습니다. 엄마는 피아노를 치러 비행기 타고 멀리 가 있다고 하면, 다음엔 같이 가고 싶다는 말뿐 칭얼대지 않습니다. "기특합니다."

마지막 한 여자는 제 아버지의 아내이자 제 어머니이시고 다슬이의 할머니십니다. 공부하러 간다는 며느리를 웃으며 보내 주시고, 매일 출근하는 아들 뒷바라지를 하는 동시에 당신 닮은 네 살짜리 손녀의 엄마가 되어 주십니다. 평생 두 아들 키우느라 허리가 굽으셨고 계단 오르는 게 힘드신 분이 말입니다. "사랑합니다."

평생 이 세 여자를 위해 살겠습니다.

제가 살아가는 이유니까요.

2013년 9월 30일

친구들이 말을 안 하는 이유

다슬이가 토토빌(어린이집)을 다니고 얼마 뒤, 저희 부부는 다슬이가 새로운 환경에 잘 적응하고 있는지 궁금했습니다.

"다슬아, 친구들하고 잘 지내?"

"응. 그런데 친구들이 나하고 말을 안 해."

걱정스러운 아내가 토토빌 선생님과 통화를 하며 조심스레 물었습니다.

"다슬이 친구들이 다슬이랑 얘기를 안 한다고 해서 조금 걱정이 되네요."

수화기 너머 토토빌 선생님이 깔깔 웃으십니다.

"다슬 어머님, 걱정 마세요. 다슬이 친구들은 아직 말을 잘 못해요. 친구들은 아직 기저귀도 못 떼서 제가 기저귀 갈아 주면 다슬이가 옆에서 친구 기저귀 휴지통에 버려 줘요. 게다가 다 갈고 나면 친구에게 '옳지 잘했어'라고 응원도 해 줘요."

어제 다슬이와 둘이 있을 때 제가 물어봤습니다.

"다슬아, 지금도 기저귀 차는 친구 있어?"

"응. 민정이는 지금도 기저귀 차. 난 네 살 언닌데 민정이는

네 살 아가인가 봐."

"다슬아, 효주도 기저귀 찬다고 했잖아."

"응. 그런데 효주는 이제 기저귀 안 차. 효주도 다 컸어."

한동안 저는 다슬이 옆에 쓰러져 있었습니다.

2013년 10월 6일

주황색이 싫어집니다

"다슬아, 아빠 넥타이 어때?"

"예쁘다. 처음 보는 거네."

"다슬아, 이게 무슨 색이지?"

"음… 주황색. 예준이(다슬이가 좋아하는 녀석)가 좋아하는 색이야."

"다슬 엄마, 다른 거 줘 봐."

2013년 10월 10일

다슬이라고 불러 주세요

할머니와 공원에 나온 다슬이를 보고 공원에 계신 할머니들이 한마디씩 하십니다.

"아가가 예쁘네."

"아가가 밝고 똘똘하네."

다슬이가 발끈합니다.

"내가 한 번은 참았는데 난 언니라고요."

의아해하는 할머니들께 다슬 할머니가 해명합니다.

"아가 아니고 언닌데 두 번이나 아가라고 해서 화가 난 거예요."

이제서야 이해한 할머니들이 다슬이에게 사과합니다.

"에고, 미안해. 언니야."

다슬이가 이상하다는 표정으로 할머니에게 묻습니다.

"나보다 나이 많은데 왜 나 보고 언니래?"

다슬 할머니가 다른 할머니들께 부탁을 합니다.

"'다슬이'라고 해 주세요."

2013년 10월 10일

선심

다슬이를 재운 뒤에야 반주할 곡을 연구할 수 있는 아내가 제게 말합니다.

"다슬이가 또 늦게 자면 어쩌지?"

"그러게 어쩌냐…."

거실에서 놀다 자기 방으로 들어가던 다슬이가 한마디 합니다.

"일찍 자 줄게."

2013년 10월 10일

정말이야?

다슬이와 둘이 대공원으로 가는 승용차 안에서 다슬이가 흥겨운 듯 말합니다.

"아빠가 제일 좋아."

"엄마는?"

"엄마도 제일 좋아."

저도 한마디 합니다.

"나도 다슬이가 제일 좋아."

다슬이가 묻습니다.

"정말이야?"

예상치 못한 반응에 크게 웃었습니다.

"아빠, 왜 웃어?"

"다슬이 말이 웃겨서."

"나한테 해 봐."

"정말이야?"

"아빠 안 웃겨."

"……."

2013년 10월 10일

아무 상관없어

어제 백화점으로 가는 길에 잠들어 버린 다슬이를 백화점에서 대여해 주는 유모차에 뉘었습니다. 쇼핑을 하는 동안 잠에서 깬 다슬이가 배가 아프답니다. 심하지 않은 것 같아 식당가에 가서 주문을 하려는데 갑자기 다슬이가 토합니다. 토사물이 다슬이 얼굴, 옷, 유모차에 묻었습니다. 당황한 다슬이가 울어 버립니다.

저는 유모차와 식당 바닥을 정리하고, 아내는 침착하게 다슬이를 안심시키며 화장실로 데려가려 합니다. 다른 곳도 아닌 식당이기에 빨리 이동하는 게 먼저였습니다. 침착하게 행동했지만 실제론 경황이 없던 저희 부부에게 다슬이가 울며 말합니다.

"엄마, 나 안지 마. 엄마 옷에 묻어."

"아빠, 나 만지지 마. 나 냄새나."

다슬아, 엄마 아빠는 그런 거 상관없어. 가족이잖아.

2013년 10월 10일

추도예배

증조할머니 추도예배에 간 다슬이가 많은 친척들께 예쁨을 받았습니다.

할머니 집에 돌아온 다슬이가 아내에게 물어봅니다.

"엄마, 나 몇 살 됐어?"

다슬아, 오늘은 설날이 아니야.

2013년 10월 10일

요플레 탓

요플레를 먹으며 졸고 있는 다슬이에게 다슬 할머니가 말합니다.

"다슬아, 졸려? 왜 자꾸 흘려?"

"아냐. 안 졸려. 요플레가 졸린가 봐."

2013년 10월 10일

모녀

아내는 아침에 잘 못 일어납니다.

"일어나는 중이야. 가만 놔 둬."

알람 소리에 깨는 게 싫어서 항상 자동적으로 알람이 울리기 5분 전에 일어나는 제겐 아내의 행동은 참 이상합니다.

출근 준비를 마치고 다슬이를 깨우는데, 다슬이가 짜증을 섞어 말합니다.

"알아서 일어날게."

하, 왜 그걸 닮니.

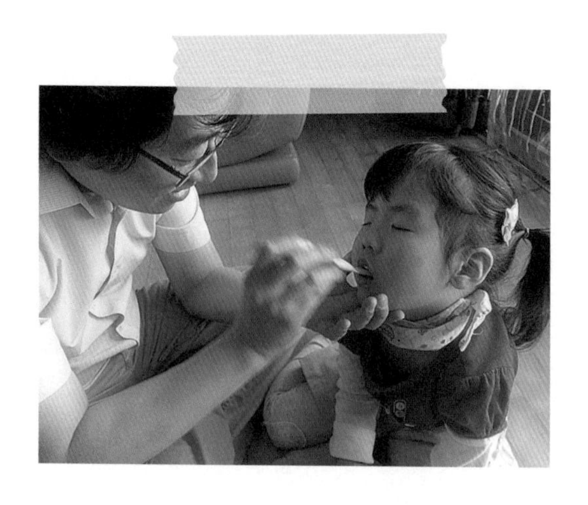

2013년 10월 10일

카드

할머니와 쇼핑하러 가서는 다슬이가 할머니에게 카드가 몇 개 있는지 묻습니다.

"왜? 하나 있는데?"

"다슬이 신발 다섯 개 살 건데 카드가 하나면 안 되죠?"

"응?"

"엄마는 카드가 다섯 개, 열 개인데…. 할머니! 엄마한테 얘기해서 할머니한테 카드 많이 주라고 할게, 나 신발 많이 사 주세요. 두 개는 살 수 있어요?"

2013년 10월 10일

마음이 아파서

아내가 추석 연휴 내내 아파서 계속 누워 있습니다. 다슬이를 본가에 두고 왔습니다.

본가에 있는 다슬이가 거실 창문으로 지나가는 차들을 보며 울었답니다.

"나도 엄마랑 같이 가고 싶었는데…. 왜 엄마가 아플까요? 할머니도 마음이 아프죠?"

2013년 10월 10일

공포의 의사놀이

다슬이가 의사놀이 세트를 사 달래서 마련해 줬습니다.

아빠를 환자 삼아 한참 동안을 시진, 촉진, 타진을 끝낸 뒤 진단을 내립니다.

"눈이 썩었어, 등이 썩었어."

그러더니 주사로 마구 찌르고 약병을 입에 밀어 넣습니다.

5분 뒤 다시 와서는 병을 내밀며 말합니다.

"하루에 두 번씩 먹는 거야."

2013년 10월 10일

호랑이와 원숭이

다슬이가 위험해 보이는 소파 등받이 위에 자꾸 올라갑니다.

"거긴 원숭이나 올라가는 거야. 우리 같은 호랑이들은 아래에 있는 거야(둘 다 호랑이 띠)."

그러자 다슬이가 가까이 와서 조용히 제게 묻습니다.

"외삼촌?"

무슨 소린가 잠깐 생각하다가 아내에게 물어봅니다.

"다슬 엄마, 처남이 혹시 원숭이 띠야?"

안방에 있던 아내가 대답합니다.

"응. 왜?"

다슬아, 너 대체 언제 어디서 들은 걸 기억하고 있는 거냐?

2013년 10월 11일

꿈에서 만나고 싶어요

요즘 부쩍 악몽을 꾸는 다슬이가 자기 전에 기도를 합니다.

"오늘밤은 도깨비가 나오지 않게 해 주시고, 천사님과 요정님 나오게 해 주시고, 음… 뽀로로랑 엠버도 나오게 해 주세요. 아멘."

어느 정도 시간이 흐르고 잠들었겠다고 생각할 때쯤 다슬이가 눈을 살짝 뜨며 진지한 표정으로 나지막하게 말합니다.

"아, 맞다. 예준이도 나오게 해 주세요."

그리고 깊은 잠에 빠졌습니다.

… 오늘은 쉽게 잠이 오지 않을 것 같습니다.

2013년 10월 16일

실수가 아니야

다슬이가 장난을 치다가 저를 툭 때리기에 주의를 주었습니다.

"한 번은 실수니까 용서해 줄게."

조금 지나 엄마를 툭 치는 걸 또 들킨 다슬이를 방에 데려가 손을 들게 했습니다.

"두 번째는 실수가 아니야. 엄마한테 사과해."

"엄마, 잘못했습니다."

조금 뒤 목욕탕에서 다슬이가 큰 목소리로 얘기합니다.

"엄마 때문에 눈에 비누가 두 번이나 들어갔어. 한 번은 실순데 두 번째부터는 아니야. 빨리 사과해. 용서해 줄 테니까."

하, 이 녀석을 어떻게 해야 할까요?

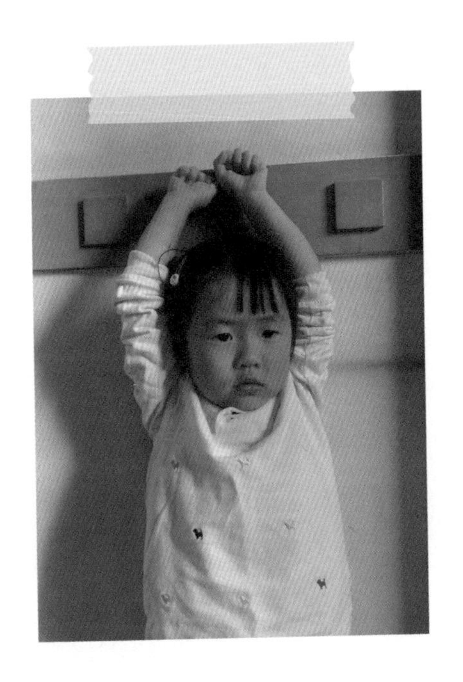

2013년 10월 19일

그런 건 묻는 게 아니다

"토토빌 덴버반 선생님이 바뀌었어."

"왜?"

"이사 가셨어."

"새로 온 선생님 예뻐?"

"아빠, 그런 건 묻지 마."

"왜 안 예뻐?"

점점 잦아드는 목소리로 다슬이가 말합니다.

"목소리가 지저분해. 근데 그런 얘기하지 마."

2013년 10월 19일

30분 vs 한 시간

할머니 할아버지와 OOO호텔로 향하는 차 안에서 가만히 있는 게 영 지루한지 다슬이가 묻습니다.

"할머니, 아직 멀었어?"

"응, 30분은 더 가야 해."

"난 30분 기다릴 수 없어."

울먹거리는 다슬이에게 다슬 할머니가 묻습니다.

"그럼 다슬이는 얼마나 참을 수 있어?"

"난 겨우 한 시간 참을 수 있어."

"알았어. 다슬 할아버지, 천천히 가 주세요."

2013년 10월 19일

보름달

부모님과 OOO호텔에 하루를 묵으러 왔습니다.

"다슬아, 저기 봐. 보름이라더니 보름달이 떴네."

다슬 할머니가 등에 업혀 있는 다슬이에게 달을 보여 주십니다.

보름달을 본 다슬이가 놀라며 한마디 합니다.

"여기까지 따라오다니…."

2013년 10월 20일

포기할 수 없는 즐거움

다슬이가 하도 코를 파길래 다슬 할머니가 장난을 칩니다.

"다슬아, 콧구멍에 '코를 파지 마시오'라고 써 있네."

다슬이가 바로 코에 손가락을 넣고는 한 바퀴 휙 돌려 빼며 웃습니다.

"내가 지웠어, 히히."

다슬이는 계속 코를 팝니다.

2013년 11월 3일

'할머니'의 다른 말

다슬이 머리가 예뻐서 물어봤습니다.

"다슬아, 머리 예쁘다. 누가 해 줬어?"

"아빠의 엄마가."

2013년 11월 11일

치실

다슬 할아버지가 잇몸에서 피가 난다고 하자 다슬이가 묻습니다.

"할아버지, 왜 피가 나?"

옆에 있던 다슬 할머니가 설명해 주십니다.

"할아버지가 치실을 잘 못 썼나 봐."

"우리 아빠는 치실 잘하는데 할머니도 치실 잘해요?"

"아니, 할머니도 잘 못해."

"할머니 아들은 잘하는데…."

2013년 11월 13일

그냥 해

다슬이가 병원놀이를 하자며, 늘 그랬듯 이렇게 얘기합니다.

"아빠는 환자, 엄마는 간호사 선생님이에요."

그러곤 바로 주사기부터 집길래 황급히 물었습니다.

"선생님, 무슨 병이길래 주사를 맞아요?"

"아픈 병이요."

"그래도 진찰은 하셔야죠."

마지못해 다슬이가 제 가슴에 청진기를 댑니다.

옷을 올리려 하자 다슬이가 웃습니다.

"그냥 해."

"잘 들으려면 옷을 올려야지요."

그러자 다슬이가 말합니다.

"장난감인데 뭘. 그냥 해."

2013년 11월 17일

잊을 만하면 나오는 이름

교회에서 다슬이가 도미노 놀이를 하고 있는데 평소에 같이 잘 놀던 남자 동생이 가지런히 세워 놓은 종이벽돌을 발로 뻥뻥 차며 망쳐 놉니다. 분노한 다슬이가 돌아오는 차 안에서 씩씩거립니다.

"동생이 내가 만든 도미노를 망쳤어."

"다슬아, 남자애들은 다 그래. 네가 이해해."

"아냐, 예준이는 안 그래."

"하… 또 예준이냐."

2013년 11월 27일

받아들여야 한다

제주도 여행과 이사로 인해 지난주에 토토빌을 한 번밖에 못 간 다슬이가 엄마한테 말합니다.

"토토빌 가고 싶어."

"선생님들이랑 친구들 보고 싶어?"

"예준이가 보고 싶어."

하… 이제 인정해야 하나.

2013년 12월 9일

양말

"할머니, 오늘은 다슬이가 할머니 양말 신겨 드릴게요."

작은 손으로 끙끙대며 신겨 드리다가 다슬이가 숨을 뱉으며 말합니다.

"아휴 힘들어. 할머니, 그동안 이렇게 힘들었구나. 할머니, 다슬이 양말 매일 신겨 준 거 고마워요."

할머니에게 쪽 하고 뽀뽀를 합니다.

2013년 12월 9일

가족

외가에서 돌아오는 차 안, 아내가 운전을 하고 저는 다슬이 옆자리에 앉았습니다.

"다슬이가 점점 예뻐지나 봐. 크면 엄마보다 예뻐질 것 같아. 다슬아, 엄마보다 예뻐지고 싶어?"

다슬이가 아주 작은 목소리로 대답합니다.

"응, 조금."

"그래. 엄마보다 얼굴만 작으면 돼."

"엄마 예뻐. 아빤 멋지고."

"다슬아, 엄마 얼굴 크지? 엄마 얼굴이 커, 아빠 얼굴이 커?"

"둘 다 작아."

"다슬아 잘 봐. 엄마가 더 크잖아."

"… 왜 그래. 가족이잖아."

3부

,

다슬이 다섯 살

점점 가족을 생각하고 챙기는 다슬이를 보며,

'가족'이라는 이 특별한 인연에 대해

많이 생각하게 됩니다.

2014년 1월 6일

샤워기가 잘못했네

다슬이를 목욕시키던 아내가 화가 나서 안방으로 들어옵니다.

"당신이 씻겨 봐. 나한테 짜증만 내."

자초지종을 들어보니 피곤한 다슬이가 몸을 씻기는 엄마한테 물이 뜨겁다, 차다 짜증을 낸 모양입니다. 다슬이에게 가 보니 역시나 울고 있습니다.

"다슬아, 물이 뜨겁거나 차게 나오는 게 엄마 탓일까? 아님 샤워기 탓일까?"

다슬이가 훌쩍이며 대답합니다.

"샤워기요."

"그럼 엄마한테 화를 내는 게 맞아? 아님 샤워기한테 화를 내는 게 맞아?"

"샤워기요."

"그럼 뜨거울 땐 뜨겁다, 차가울 땐 차갑다고 웃으면서 얘기하고 나중에 다슬이가 커서 말 잘 듣는 샤워기를 만들면 어떨까?"

"좋아요."

"다슬 엄마, 다슬이가 샤워한대."

샤워기 잘못은 샤워기에게, 목욕은 즐겁고 신나게.

2014년 1월 6일

그게 다야?

"다슬아, 친구들이 놀리면 어때?"

"기분 나빠."

"아빠가 방법을 알려 줄게. 남자애들이 놀릴 때 이렇게 얘기해 봐. '그게 다야? 더해 봐!' 그러면 더 안 놀릴 걸."

다슬이가 씩씩하게 말합니다.

"아빠, 나 놀려 봐."

"다슬이는 똥배도 나오고 방구도 낀대요. 얼레리꼴레리."

"그게 다야? 더해 봐."

재미있다고 웃습니다.

"아빠! 엄마도 놀려 봐."

"엄마는 허리도 굵고, 주근깨도 많고, 코도 곤…."

"……."

아내가 잘 참습니다.

2014년 1월 26일

망설임 따위

다슬이가 생애 첫 파마를 했습니다. 중간에 잠들어 버린 탓에 자는 아이의 머리를 감기고 말리느라 미용실 직원들이 힘들었습니다.

잠에서 깬 다슬이가 묻습니다.

"왜 난 머리 안 감아?"

"다슬아, 벌써 머리도 감고 파마도 했어."

"그래?"

"다슬아, 예준이가 좋아할 것 같아?"

갑자기 다슬이 얼굴에 미소가 가득 번집니다.

"다슬아, 나중에 아빠랑 살래? 예준이랑 살래?"

"예준이랑."

일초의 망설임도 없습니다.

2014년 3월 9일

술

"아빠, 술 먹지 마."

"왜?"

"머리 나빠져."

"누가 그래?"

"텔레비전에서 봤어."

귀여워서 쳐다보는 제 팔을 다슬이가 비장한 표정으로 꼭 잡으며 당부합니다.

"아빠, 잊어버리면 안 돼. 알았지?"

덕분에 다슬이 외할아버지 생신 때 저는 술을 입에도 못 댔습니다.

2014년 3월 11일

항상 아빠가 있어!

토토빌에서 연준이란 아이가 다슬이 얼굴에 상처를 냈답니다. 아내가 다슬이 얼굴에 밴드를 붙인 사진을 보내 주었습니다. 다슬이 얼굴에 처음 생긴 상처입니다.

"연준아, 다슬이를 건드린 걸 후회하게 해 주겠다. 넌 살면서 절대로 하지 말았어야 한 일을 한 거다. 연준아, 난 널 모른다. 하지만 나에겐 재주가 하나 있지. 반드시 널 찾아낼 거고 널…."

다슬아, 네 뒤엔 항상 아빠가 있다!

2014년 4월 23일

아빠가 미안해

아내가 정성껏 아침상을 차렸습니다. 햄과 계란 반찬이 전부입니다. 감기로 컨디션이 좋지 않은 다슬이는 엄마가 해 준 아침밥이 맘에 안 듭니다. 다슬이가 잘 안 먹으려 하기에 제가 한마디 합니다.

"다슬아, 엄마는 피아노는 잘 쳐도 요리는 잘 못해. 그래도 다슬이를 위해서 이 정도 한 거면 열심히 한 거야. 엄마가 최선을 다한 음식이 이거니까 더 이상을 기대하면 안 돼. 이 반찬들이 싫으면 굶는 거야. 굶을래?"

"아뇨."

꾸역꾸역 먹는 다슬이에게 한마디 더 합니다.

"다슬아, 아빠가 미안해. 음식 못하는 엄마 데려와서. 그럼 요리 잘하는 엄마 데려올까?"

눈이 똥그래진 다슬이가 빨리 밥을 입에 넣으면서 대답합니다.

"아뇨!"

대화가 시작될 때 울컥하고 화가 난 표정이던 아내는 대화가 진행될수록 체념을 넘어 인정, 인정을 넘어 평온함을 느끼는 표정으로 바뀝니다.

2014년 5월 24일

마법에도 정도라는 게 있다

마법사가 된 다슬이가 엄마를 찾습니다.

"엄마! 내가 엄마를 위해 마법을 걸어 줄게. 나한테 소원을 말해 봐."

"음… 엄마 피아노를 더 잘 치게 해 줘."

"엄마가 피아노를 더 잘 치게 되라, 얍."

"고마워."

"엄마, 소원이 하나 더 남았어. 또 얘기해 봐."

"그러면 엄마를 다슬이처럼 어리고 예쁘게 해 줘."

웃으며 듣고 있던 다슬이의 표정이 굳어집니다.

"엄마, 그건 할 수 없어. 내가 할 수 있는 마법이 아니야."

2014년 5월 24일

음악 하는 사람

다음 주 공개 강의를 제외하면, 이대 뮤직 큐레이터 과정의 정규수업은 오늘이 마지막입니다. 후배 결혼식 축가로 공개 강의 한 번 빠진 것을 제외하면 지각 한 번 하지 않았습니다. 왜 수업시간은 그리도 짧은지 늘 아쉽기만 합니다.

오늘 들어오신 80년생 선생님(저는 74년생)이 제 헤어스타일을 보시고는 묻습니다.

"선생님은 전공이 성악이시죠?"

가까운 거리라 조그맣게 대답했습니다.

"아니요. 치의학 전공입니다"

"아, 그러시군요. 풍채도 있으시고 스타일이 딱 테너시라 성악하신 분인 줄 알았습니다."

"아 네…."

수업 중에 선생님이 CD 용량에 대한 에피소드를 말씀하시며 질문을 하십니다. 처음 CD를 개발할 당시 CD 용량을 정하기 위해 지휘자 카라얀에게 문의를 했고, 그의 제안에 따라 베토벤 9번 교향곡을 담을 수 있는 용량으로 결정했다는 얘기를 들은 적이 있었지만, 조용히 있었습니다. 자꾸 저를 보시던 선생님이 결국 스스로 답을 알려 주시더니 못내 아쉬우신지 제게 말씀하십니다.

"다른 사람은 몰라도 선생님은 말씀해 주셨어야죠."

"네?"

"지휘과 전공하셨다면서요?"

다들 웃습니다.

"하하, 지휘과가 아니라 치의학과입니다."

계속 죄송하다 하시는 선생님이 귀엽습니다.

"선생님, 죄송하긴요. 음악 하는 사람처럼 보인다는 말은 제게 매우 큰 기쁨입니다. 오늘 선생님의 실수를 하루 종일 되새김질하며 행복해하겠습니다."

2014년 6월 16일

영원한 관계

“할머니! 다슬이가 할머니 되면 할머니는 하늘나라에 계신 거예요?”

“응.”

“하늘에서 다 보고 계세요?”

“그렇겠지.”

“그럼 할머니가 다슬이 보고 할머니라고 불러요?”

“아니지! 다슬이가 할머니가 돼도 다슬이는 할머니 손녀딸이야. 그래서 할머니는 ‘다슬아’ 하는 거야. 알겠어?”

“아! 그렇구나. 할머니는 계속 할머니구나.”

2014년 7월 8일

예의

저녁 10시.

“다슬아, 치카치카 노래 좀 해 봐.”

“이 늦은 시간에?”

2014년 7월 8일

에너지충전!

다슬 할머니께서 쓰신 글입니다.

[저녁에는 힘내라고 다시 항정살을 샀어. 많이 구워 놓았더니 다슬이가 그러네? "할머니, 나만 주지 말고 할머니, 할아버지도 같이 먹고 에너지충전 완료시키세요."]

2014년 7월 8일

알 만한 사람이

"아빠, 나 쉬 마려."

"쉬하고 와."

"아빠, 화장실에 불이 켜져 있어. 엄마처럼 왜 그래?"

2014년 7월 18일

관심 좀

아침에 밥을 먹고 있는 제게 아내가 묻습니다.

"오늘 일찍 들어와?"

저는 쳐다보지도 않고 심드렁하게 말합니다.

"오늘 야간 진료야. 몇 년 됐어."

"……."

와이프 맞냐?

2014년 7월 20일

해당사항 없습니다

그루터기 합창단원끼리 밥을 먹는 자리에서 반주자가 제게 질문합니다.

"여성 피아니스트는 이기적이라고 여기는 분들이 많던데, 원장님은 사모님한테 그런 거 안 느끼세요?"

"아, 그건 여성 피아니스트들 얘기죠."

전 계속 밥을 먹습니다. 다른 멤버들도 요동 없이 밥을 먹습니다.

2014년 8월 12일

기다림

운전 중 신호대기가 너무 길어서 제가 혼잣말을 합니다.

"여기 신호 엄청 길다."

"그러게."

신호가 바뀌어 출발하자 다슬이가 말합니다.

"난 내일까지 기다리는 줄 알았어."

2014년 8월 12일

당사자에게 물으세요

아침에 일어난 다슬이가 본인의 팔꿈치를 만지며 얘기합니다.

"엄만 여기가 까졌더라고."

"왜 까졌대?"

다슬이가 그게 뭔 소리냐는 표정으로 말합니다.

"그건 엄마가 알지."

2014년 8월 14일

직업병 때문에

잠이 덜 깨 누워서 눈만 깜빡이는 다슬이에게 다가가 작은 소리로 묻습니다.

"다슬아, 아빠가 안고 나갈까? 아니면 업고 나갈까?"

어릴 적 제 아버지는 절 깨우실 때 처음부터 큰 소리로 "안 일어날 거야?" 하셨습니다. 전 그러고 싶지 않습니다.

눈을 뜬 다슬이가 무심한 표정으로 절 보며 대답합니다.

"아빠 허리 아프잖아. 걸어서 나갈게."

이 이야기를 아내에게 해 주니, 얼마 전 안아 달라는 다슬이에게 엄마는 팔이 아파서 힘들다고 하자 다슬이가 그러더랍니다.

"아빠는 허리가 아파서 안 되고 엄마는 팔이 아파서 안 되면 난 누가 안아 주냐고?"

다슬아, 미안하다. 엄마아빤 벌써 직업병이 생겼단다.

2014년 8월 16일

술2

회식으로 늦는 아빠를 기다리던 다슬이가 엄마에게 말합니다.

"아빠는 박사 계속 못하겠다."

"왜?"

"술 먹으면 머리 나빠지거든."

2014년 8월 16일

술3

후배들과 저녁을 먹기로 해서 나갈 준비를 하고 있는 중입니다. 다슬 할머니가 다슬이에게 말합니다.

"다슬아, 아빠는 후배들이랑 밥 먹으러 나간대."

"머리 또 나빠지겠네."

"밥 먹으러 가는 거래."

"술도 먹겠지."

2014년 8월 17일

꾀

입이 짧은 다슬이를 위해 꾀를 냅니다.

"다슬아, 엄마가 기가 막힌 음식을 해 준다는데… 아니다."

"아빠 뭔데?"

"응, 비밀육수로 만든 건데… 아니다."

"아, 뭔데?"

목소리가 커집니다.

"아니야. 다슬이가 못 먹을 거야."

"아, 그게 뭔데요?"

이젠 짜증이 섞입니다.

"비밀육수로 만든 국수를 엄마가 할 건데 다슬이가… 아니다, 못 먹을 거야."

"아니에요. 먹을 수 있어요."

"다슬아, 못 먹어도 괜찮아. 비밀육수로 만든 맛있는 국수."

"먹을 수 있어요."

단호합니다.

잘 먹습니다.

2014년 8월 17일

술4

새로 산 레고를 맞추기 위해 다슬이에게 색깔별로 나눠 놓으라고 하니 귀찮아하면서 못 한다 합니다.

"아빠, 할 수 없어요."

"다슬이가 다슬이한테 마법을 걸어 봐."

다슬이가 어이없다는 표정으로 말합니다.

"아빠, 마법은 못하는 다른 사람이 할 수 있게 도와주는 거지 자기한테 하는 게 아니에요. 몰랐어요?"

"응, 몰랐어. 미안."

"술 먹으니까 머리가 나빠져서 그런 거예요."

하, 다슬 엄마 얼마나 교육을 한 거야.

2014년 8월 25일

술

퇴근해서 집으로 가는 길에 아파트 단지 내에서 놀고 있는 다슬이를 봤습니다. 반갑게 인사를 했는데 정작 다슬이는 친구와 노느라 인사를 하는 둥 마는 둥 합니다.

“다슬이가 아빠한테 인사 제대로 안 해서 후배들 만나러 가야겠다.”

“술 먹지 마세요.”

“그게 아니라 인사 제대로 하라는 얘기잖아.”

다슬이와 대화하는 중에 다슬이 친구가 절 보고 한마디 합니다.

“다슬이 아빠한테 무슨 냄새나요.”

병원 냄새인가 봅니다. 그런데 다슬이가 하던 놀이를 계속하며 아무렇지 않게 얘기합니다.

“술 먹어서 그래.”

2014년 10월 25일

토요일 아침

"아침 주냐?"

"…으응."

"밥통에 밥 없는 건 알아?"

"…으으…응."

요즘 유독 피곤해하는 게 밖에서 좀비한테 물려 왔나 봅니다. 그러고 보니 어젯밤 걸어 다니는 모습도 좀비 같았습니다.

일단 쌀을 씻어 밥통에 넣고 취사 버튼을 누릅니다. 햄, 당근 양파 대신 사과, 잣, 마늘을 볶아 꺼내 놓고, 팬에 남은 기름은 닦아 냅니다. 다시 기름을 두르고 갓 지은 밥을 프라이팬에 올립니다. 곧바로 계란 두 개 투척, 간장 넣고 살살 볶다가 먼저 볶아 놓은 채소와 파를 넣고 살짝 더 볶아서 그릇에 올려놓습니다. 그리고 변신 중인 아내를 부릅니다.

방금 한 고슬고슬한 밥과 볶은 재료들이 잘 어울립니다. 그즈음 좀비는 거의 사람이 되었습니다.

"다슬 엄마, 맛 좋지? 주방 봐봐. 요리를 해도 지저분하지 않게 할 수 있어. 바닥 봐봐. 떨어진 거 하나라도 있나."

"……."

"자, 이게 모범답안이야."

잠시 뒤 완전한 사람이 된 좀비가 저를 부릅니다.

"오빠, 커피 마셔."

주방에 가 보니 커피 잔까지 3cm 간격으로 지름 2.5cm의 커피 자국이 일렬로 약 15개 정도 떨어져 있습니다.

"뭐냐?"

"커피."

"아니, 그 옆에."

"아 좀 흘렸어."

"좀?"

전 눈이 나빠 안경을 쓰고, 아내는 눈이 좋아 안경이 필요 없고, 전 성격이 나빠 더러운 게 보이고, 아내는 성격이 좋아 더럽게 느끼는 게 없고, 전 속이 좁아 할 말 다 하고, 아내는 속이 좋아 담아 두는 게 없고…. 어쨌든 바쁜 토요일이 이렇게 시작됩니다.

2014년 12월 9일

준비가 안 됐어

잠자기 전 책 읽는 시간에 다슬이에게 넌지시 물어봅니다.

"다슬아, 동생이 있으면 어떨까?"

"아냐, 없어도 돼."

"왜?"

다슬이가 기어들어가는 목소리로 말합니다.

"엄마 아빠가 동생만 좋아할 것 같아."

"아닌데. 아빠는 다슬이만 좋아할 건데."

그러자 다슬이가 의아하다는 듯이 저를 쳐다봅니다.

"똑같이 좋아해 줘야지."

"응, 그러면 똑같이 좋아해 줄게. 그럼 동생 만들어 줄까?"

"아냐, 내가 준비가 안 됐어."

2014년 12월 14일

리즈 시절

'수지에게는 리즈 시절이 없다. 매일이 리즈니까.'

이걸 아내에게 얘기해 주었더니 아내가 묻습니다.

"난 언제가 리즈 시절이야? 결혼할 땐가?"

절 또 시험합니다.

"아직 안 왔어."

이 말에 아내가 미소를 띠며 말합니다.

"계속 나이 드는데 언제 온다는 거야."

"꼭 온다고는 얘기 안 했다."

주먹이 날라 옵니다.

4부

,

다슬이 여섯 살, 일곱 살

다슬이가 웃을 때마다

마음속으로 다짐합니다.

다슬이에게 좋은 선물이 되어 주겠다고요.

2015년 1월 2일

혼자가 아니다

“길이란 걷는 것이 아니라 걸으면서 나아가기 위한 것이다.

나아가지 못하는 길은 길이 아니다.

길은 모두에게 열려 있지만 모두가 그 길을 가질 수 있는 것은 아니다.

다시 길이다.

그리고 혼자가 아니다.”

드라마 <미생>의 마지막 내레이션 부분입니다.

2015년을 시작하는 지금 무척이나 와닿는 말입니다.

“다슬 엄마, 당신은 혼자가 아니야.”

2015년 1월 15일

아내가 나를 만난 이유

"저 아저씨 또 담배 버렸어."

"그러네."

"난 결혼하기 힘들 것 같아."

"왜?"

"담배 피는 사람이 너무 많아."

"그래?"

"그런데 엄마는 아빠를 어떻게 찾았어? 냄새를 숨겼어?"

"아니."

"아빠는 원래 안 피웠어. 그러니 담배냄새가 안 났지."

"아 그랬구나. 그래서 사귄 거구나."

2015년 1월 19일

누가 선택하는가

작년에 토토빌 선생님이 다슬이에게 토토빌 대표로 동화 구연대회에 나갈 것을 권유한 적이 있습니다. 우리 부부가 나눈 첫 대화는, "다슬이가 좋대? 싫다고 하면 시키지 마"였습니다.

구연대회에 나가기로 한 다슬이는, 역시나 한 번 외운 후로는 별로 연습하지 않았습니다.

"다슬아, 내일이 대회인데 아빠한테 한번 보여 줘."

싫다더니 결국 안 보여 줬습니다.

대회 날. 다슬이가 혹시 떨지 않을까 걱정했는데, 연습도 안 한 녀석이 제일 즐거워 보입니다. 처음 본 경쟁자들과 잘도 웃고 떠듭니다. 먼저 하고 내려온 동생에게 잘했다 격려도 하지 뭡니까? 무사히 대회를 마치고, 참가만 하면 받을 수 있는 메달을 받고는 좋아했습니다.

지난주일, 주일학교 선생님이 아내에게 다슬이를 성경암송 대회에 내보내지 않겠냐고 물었습니다.

"네, 다슬이에게 물어보고 하겠다고 하면 시키지만 원치 않으면 못 할 것 같습니다."

아내가 다슬이에게 의향을 묻기 전에 제게 먼저 이야기를 합니다.

"다슬이 의향대로 해."

다슬이에게 상황을 설명하니 다슬이가 꽤 명쾌하게 대답합니다.

"난 그런 거 하기 싫어."

"그래, 알았어. 싫은 거 억지로 할 필요는 없어."

얼마 전 지인이 해 준 말에 격하게 공감했습니다.

"무엇을 선택하는가가 중요한 게 아니고, 누가 선택하는가가 중요하다."

2015년 2월 9일

반찬 투정

피아노 연습이 급한 아내가 다슬이 밥상을 차렸습니다. 독감으로 며칠 고생한 다슬이는 좋아하는 반찬이 없다며 다른 반찬을 해 달랍니다.

"다슬아, 밥 안 먹을 거야?"

옆에 있던 제가 묻습니다.

"먹을 수 있는 게 없어."

"다슬이가 아직 배가 덜 고프구나."

"아냐. 배고파."

"배고프면 다 먹을 수 있어."

"난 그럴 수 없어."

"다슬아 마지막으로 물어볼게. 안 먹을 거야?"

"난 먹을 수가…."

밥상을 치워 버립니다.

"다슬 엄마는 가서 연습해. 밥은 내가 먹일게."

다슬이가 웁니다.

"다슬아, 다 울고 얘기하자."

계속 우는 다슬이가 피아노 연습 중인 아내에게 가서 다른 반찬 얘기를 합니다. 저도 따라 들어갑니다.

"다슬아, 엄마가 다슬이 밥하는 사람이야, 피아노 연주하는 사람이야?"

"피아노 연주하는 사람이요."

"그럼 나와. 엄마는 피아노 연습해야 해."

다시 울기 시작하더니 삼십 분을 더 칭얼거립니다.

"다슬아, 아프리카 아이들 얘기 또 해야 해?"

"아니요."

"아빠 어렸을 때 반찬 투정하면 할아버지도 지금 아빠랑 똑같이 하셨어."

조용해진 다슬이가 말합니다.

"아빠, 밥 먹을 수 있을 것 같아요."

"그래. 갖다 줄게."

한 그릇 뚝딱 먹어 치웁니다.

2015년 3월 7일

평온함

아내가 이탈리아로 떠난 지 열흘째입니다. 어제 다슬이가 할아버지 댁으로 간 연유로 집엔 저 혼자입니다.

여느 아침과 같은 시각에 일어나 간단히 요기를 하고 바로 설거지를 합니다. 그리고 청소기를 돌립니다. 어머니가 매일 청소해 주신 덕에 먼지가 별로 없습니다. 청소기를 돌리다 피아노 방에 들어갑니다. 어머니도 손대지 못하시는 노다메의 피아노 위 잡동사니를 보니 '맞다, 나 결혼했다'란 생각이 스칩니다. 얼른 문을 닫고 청소를 마칩니다. 믹스커피 한 잔 타서, 깨끗한 소파에 앉습니다.

혼자 있는 집은 정말 조용합니다. 창을 통에 거실로 들어온 햇살에 마음이 평온해집니다. 아내의 빈자리가 깨끗함과 평온함을 줍니다. 그동안 느껴 왔던 아내의 빈자리는 이런 게 아니었는데….

다음 주 목요일이면 그간의 깨끗함과 평온함은 사라집니다.

"다슬 엄마, 더 배우고 싶은 거 있지 않아? 조금 더 공부할 생각은 없어? 여행을 좀 하고 와도 되고."

2015년 4월 6일

판도공파

"다슬아, 할아버지 성함이 뭐지?"

"윤 효자 덕자요."

"외할아버지는?"

"함 희자 영자요. 근데 아빠 그거 자꾸 물어보지 마요. 아는 걸 왜 자꾸 물어요?"

"응, 까먹었나 하고. 다슬아, 그럼 우리가 어디 윤 씨야?"

"파평 윤. 그만 물어보세요."

"좋아! 오늘은 새로운 걸 알려 주지."

"뭔데요?"

"싫으면 안 알려 주고."

"알려 주세요."

"우린 파평 윤 씨 판도공파야. 누가 무슨 파냐고 물어보면, 판. 도. 공. 파라고 대답하면 돼."

순간 다슬이가 미소를 띠더니 손으로 두 눈을 가리며 말합니다.

"우리가 눈이 까만 팬. 더. 곰?"

"하하, 아니 판. 도. 공. 파."

"응 히히. 팬. 더. 곰. 파."

그렇습니다. 우리 집 곰 세 마리는 팬더곰이었습니다.

그러고 보니 제 눈 밑에 있는 건 다크서클이 아니었습니다.

2015년 4월 27일

어느새 10주년

20대를 같이 보낸 사람과 40대를 같이 보내고 있습니다. 30대가 되어 같이 살게 되었고, 아직 진행 중입니다.

9년을 사귀고 결혼할 당시, 애인이던 아내는 프러포즈를 기대하는 듯했습니다. 당시 저는 생각했습니다.

'프러포즈 안 하면 결혼 안 할 건가?'

9년간의 연애기간보다 고작 5분도 안 되는 프러포즈가 더 의미 있는 걸까? 게다가 같이 하는 결혼에서 왜 남자만 프러포즈해야 하는 건가? 그럼 프러포즈 안 한 커플은 프러포즈 한 커플보다 덜 행복한 건가? 프러포즈한 커플은 그 덕에 더 잘 살 건가?

결국 프러포즈는 하지 않았습니다. 그저 "나 못 믿냐?"라고만 했습니다.

이렇게 멋없는 말에도 저와 결혼해 주고, 사랑스런 딸을 주고, 변함없이 옆에서 계속 믿어 주는 아내와 맞는 열 번째 결혼기념일이 다가옵니다.

"유진아, 지난 10년간 나와 살아 줘서 고맙다. 비록 배 나오고 고집스런 아저씨가 됐지만 앞으로 10년간도 같이 살아 주겠니? 나 믿지?"

2015년 8월 6일

코딱지만큼

"다슬아, 더운데 물 받아서 물놀이할까?"

"응. 이번엔 찬물만 넣어 줘."

"찬물만?"

"응. 더운물은 코딱지만큼만. 코딱지만큼이 얼마큼인지 보여 줄게."

다슬이가 손가락으로 양쪽 콧구멍을 뒤지며 말합니다.

"어, 코딱지가 어디 갔지? 여기 넣어 뒀는데."

"아이고 다슬아, 하하."

"왜? 내가 없는 코딱지 있다고 한 것 같아?"

2015년 9월 1일

평생 공부

대학을 마친 아내는 석사과정을 하며 논문을 썼습니다. 힘들게 아르바이트를 해서 번 돈으로 등록금을 대며 피아노 석사를 마친 아내는, 10년 뒤 다슬이를 출산함과 동시에 반주석사를 하며 논문을 썼습니다.

요즘은 취득할 학위도 없는데 논문을 몇 주째 새벽마다 쓰고 있습니다. 한 시간 이상 발표도 한답니다. 일과 육아, 집안일을 병행하면서 말입니다.

어릴 땐 얼굴이 예쁜 여자가 예뻐 보였습니다. 조금 지나서는 몸매 예쁜 여자가 예뻐 보였습니다. 그런데 지금은 자신의 분야에서 끊임없이 노력하는 사람이 멋져 보입니다. 경제적으로 어려울 때도, 출산과 육아로 힘들 때도, 일이 많아 시간이 없을 때도, '그렇기 때문에' 포기하지 않고, '그럼에도 불구하고' 새로운 분야에 도전하고 목표한 것을 성취해 내는 아내가 참 멋집니다.

"다슬아, 공부는 평생 엄마처럼 하는 거야."

2015년 9월11일

뽀뽀쟁이

다슬이가 낯선 환경의 유치원에 바로 적응했습니다. 다른 반 남자 아이들과도 금방 사귀고 잘 어울린답니다. 어제 어머니가 보내 주신 문자엔 충격적인 내용도 포함돼 있었습니다.

"찬우란 애랑 사귄단다. 찬우가 먼저 뽀뽀했다네."

"이런… 그래서 다슬이가 어떻게 했대요?"

"다슬이도 찬우란 애한테 뽀뽀했대."

"아… 아침에 뽀뽀하고 다니지 말라고 교육했는데…."

다른 날과는 다른 멘트로 다슬이를 깨웁니다.

"어이 뽀뽀대장. 일어나 봐. 아빠랑 얘기 좀 하자."

아침을 먹이면서 말합니다.

"다슬아, 너 오늘 예준이 만난다면서? 예준이한테 얘기할 거야."

"안 돼. 비밀이야."

"다슬아, 친구가 뽀뽀하면 '안 된다' 하고, 누가 좋아한다고 하면 같이 좋다고 하지 말고 튕기란 말이야, 엄마처럼."

"튕기는 게 뭐야?"

"좋아한단 말 듣자마자 바로 '나도 좋아해' 하지 않고 '응 그러니?' 하라고."

"그래도 난 뽀뽀할 거야."

"다슬이 너 자꾸 그러면 레고 안 사 준다."

"그래도 뽀뽀할 거야."

"옷도 신발도 안 사 줄 거야."

유치함이 끝이 없습니다.

"그래도 뽀뽀할 거야."

"좋아, 할 수 없네. 아빠는 다슬이 여동생 구슬이랑 이슬이 낳아서 유치원 안 보내고 같이 놀아야지."

작전을 바꿨습니다. 당황한 다슬이가 외칩니다.

"안 돼!"

"그럴 거다."

승리가 보입니다. 그런데 조금 생각하던 다슬이가 씩 웃습니다.

"동생이 네 살 되면 내가 데리고 다닐 거야."

"이런……."

2015년 9월 29일

착각

밥 먹던 다슬이가 말합니다.

"물이야."

아내가 물을 가져다줍니다.

"여기 물."

"아니, 물이라고."

"그래, 여기 물."

"아니, 더 먹는 건 무리라고."

2015년 10월 5일

우리집 빵꾸똥꾸

새벽까지 논문을 수정하던 아내가 못 일어납니다. 그런 엄마 딸 아니랄까봐 다슬이도 못 일어납니다. 제가 집안 창문을 모두 엽니다. 제 두 여자는 더욱 이불 속으로 파고듭니다. 덕분에 우리집 고집쟁이 두 화상의 출근과 등원이 늦어졌습니다. 고집쟁이 1은 제시간에 나가지 않으면 혼자 가겠다고 합니다. 고집쟁이 2는 머리가 맘에 들 때까진 갈 수 없다 합니다. 밤새 논문을 쓰느라 다크서클이 볼까지 내려온 아내는 결국 손을 놓고 맙니다.

찡찡대는 고집쟁이 2를 겨우 데리고 나왔지만, 엘리베이터 속 거울을 보더니 덜 잠겼던 꼭지가 완전히 풀립니다.

"다슬아 봐봐. 울고 다니는 애가 어디 있나."

다슬이는 6살 인생 동안 쌓아 온 증거들을 마구 풀어놓기 시작합니다.

"지난번에 재영이도 그랬고, 친구 ○○도 그랬고…."

하아….

결국 선생님께 머리를 부탁하는 것으로 합의를 본 후 유치원에 들어갑니다. 그런데 고집쟁이 끝판왕의 시선이 한곳에 고정되더니 배경음악이 깔리고 눈에서 하트가 뿅뿅 거립니다. 시선을 따라가 보니 키 크고 허연 기생오라비 같은 녀석이 폼나게 걸어 들어오고 있습니다.

"○○야, 안녕."

고집쟁이 2는 디즈니 만화 여주인공이, 기생오라비는 왕자님이, 전 투명인간이 됩니다. 그런데 그것도 잠시. 기생오라비가 사라지니 다시 고집불통 2가 나타나고, 투명인간은 능력을 잃습니다.

"선생님한테 내 머리 좀 부탁해 줘. 아빠."

"이런 빵꾸똥꾸야."

2015년 12월 14일

부모의 역할

아침 출근길에 자주 보는 장면이 있습니다. 다슬이 또래 또는 좀 더 큰 아이들의 등원에 따라나선 엄마들이 아이의 가방과 준비물을 메고 있는 모습입니다. 오늘처럼 비 예보가 있는 날이면 손이 부족해 보입니다.

저와 아내는 다슬이 가방은 항상 다슬이가 메게 합니다. 저희 부부가 그렇게 자랐고, 그 가방은 다슬이 것이기 때문입니다. 실제로 무겁지도 않고, 무겁다 하더라도 다슬이가 짊어질 몫이지 부모가 나눠질 몫은 아니라고 생각합니다.

군의관 복무 시절, 한 상사가 해 준 이야기가 무척 인상적이었습니다. 자신은 고아로 자라서 고생을 참 많이 했다며, 자녀들이 잘 크기를 바란다고 했습니다. 그래서 전 당연히 자녀들을 많이 보듬고 산다고 얘기할 줄 알았습니다. 그런데 뜻밖의 이야기가 이어졌습니다.

"저희 부부는 두 자녀에게 아무 말 없이 며칠 동안 집을 비우고 연락도 하지 않습니다."

"예? 그럼 아이들이 많이 놀라지 않을까요?"

"네. 처음엔 그러더니 이젠 알아서 밥도 해 먹고 걱정도 안 합니다."

다소 황당한 이야기라서 내막을 물으니 '고아 체험'이랍니다. 갑자기 두 부부가 세상에서 사라질 경우를 대비한 것이라고요. 그때 참 많이 놀랐습니다.

요즘은 바쁘고 미숙한 자녀들을 대신해 부모끼리만 보는 선도 있답니다. 자녀의 학점이 낮게 나오면 부모가 학교에 찾아가고요.

자녀의 인생에 부모가 도움을 줄 수는 있습니다. 하지만 자녀가 자신의 인생의 무게를 온전히 받아들일 수 있게 해 주는 게 부모가 해야 할 더 중요하고 더 가치 있는 일이 아닐까 생각합니다.

2015년 12월 26일

엄마는 바쁘니까

아내가 다슬이 유치원 크리스마스 잔치를 위해 미리 선물을 준비해서 유치원에 가져다주었습니다. 산타 할아버지에게 선물을 받고 들뜬 다슬이가 집에 와서 선물을 조심조심 뜯기 시작합니다. 그런데 선물을 뜯던 다슬이가 아내에게 날카로운 질문을 합니다.

"산타 할아버지가 선물을 사서 줬나 봐?"

아내가 당황한 것을 숨기며 대답합니다.

"그럼. 산타 할아버지가 배달하고 다니기도 바빠서 선물은 사서 보내 주시는 거야."

"혹시… 엄마가 보내 준 건 아니지?"

식은땀이 흐르는 아내.

"다슬아! 엄마 바쁜 거 알잖아. 엄마가 언제 선물을 사고 포장해서 유치원에 가져다줄 수 있겠어? 말도 안 되잖아?"

잠시 고민하던 다슬이가 안도의 미소를 보입니다.

"맞다. 엄만 바쁘지. 엄마가 사다 주긴 어렵겠다."

2016년 1월 21일

유효기간

영화배우 김수현 사진이 있길래 물어봅니다.

"다슬아, 저 아저씨 잘생겼지?"

"아니, 아빠가 더 잘생겼어."

"다슬아, 아빠보다 잘생긴 사람 많아. 엄마보다 예쁜 사람도 많고."

"알아, 난 어리잖아."

"그게 무슨 소리야?"

"어릴 땐 엄마 아빠가 제일 예쁘고 잘생긴 거야."

2016년 2월 12일

새해 소원

다슬이 유치원 담임 선생님이 아내에게 전한 이야기입니다.

유치원에서 새해 소원을 적은 후 발표하는 시간을 가졌답니다. 다슬이의 소원은 이것이었습니다.

"늘푸른반 선생님(담임 선생님)이랑 일곱 살에도 같이 공부할 수 있게 해 주세요."

유일하게 선생님을 생각해 준 다슬이에게 선생님이 감동을 받았다고 하십니다.

다슬이 할머니가 자주 하시는 말씀을 다슬이 선생님께도 듣습니다.

2016년 2월 16일

원하는 곳

"아빠, 난 요리도 하고, 집도 짓고 싶어."

"집? 그럼 공대 가야 돼."

"공대가 뭐야?"

"응, 공과대학이라고 하는데 거긴 남자들만 득실거려."

"아싸."

"다슬아, 여자가 하나도 없어."

"내가 원하던 곳이야."

2016년 2월 29일

피로회복제

퇴근 후 집에서 다슬이를 안고 있는데 다슬이가 제 눈을 보더니 말합니다.

"아빠 눈이 빨개."

거울을 보니 실핏줄이 터졌습니다.

"피곤해서 핏줄이 터졌나 봐. 괜찮아."

"아빠, 안경 벗어 봐. 눈 감아 봐."

눈을 감으니 다슬이가 볼에 뽀뽀를 합니다.

"쪽. 아빠, 얼른 자."

딸은 피로회복제입니다.

2016년 3월 21일

달래와 냉이

닭죽과 냉이무침을 하기 위해 다슬이와 마트에서 재료를 사 오는 길에 어머니와 아내가 같이 있는 카톡 방에 냉이무침에 식초를 넣는지 어머니께 여쭤봤습니다. 아내도 그 대화를 보고 대답도 했습니다.

집에서 열심히 냉이를 다듬고 있는데 하루 종일 피아노 연습을 하던 아내가 주방에 와서 묻습니다.

"이게 그거지? 달래."

"아니, 냉이."

"아, 냉이."

닭죽을 하려고 불려 놓은 쌀을 가리키며 닭죽이나 만들라고 했더니 아내가 묻습니다.

"그럼 밥을 지금 할까?"

"옆에 불려 둔 쌀 넣어."

"아."

다용도실에 나갔다 온 아내가 걸려 있는 양파 망을 보고는 놀랍니다.

“양파 사야 한다더니 여기 양파 많은데?”

“내가 지금 사 온 거잖아.”

“아.”

냉이를 데치고 있는데 옆에 서서 행복하다는 듯 말합니다.

“음, 달래 향기 좋다.”

“냉이라고.”

뒤에서 다슬이가 한마디 합니다.

“엄마, 냉이라고. 나도 아는데….”

“아.”

2016년 4월 2일

백만 원

TV를 보던 다슬이가 뭔가를 적어서 아내에게 옵니다.

다슬이가 적어 온 건 전화번호.

“엄마, 여기다 전화해 봐.”

“여기가 어딘데?”

“다치거나 아프면 백만 원 준대.”

“응? 어딘데?”

“라이나생명.”

HAPPY

2016년 6월 15일

생일 축하해!

7년 전 다슬이를 처음 본 순간, 아빠는 말 한마디 할 수 없었단다. 아빠가 받아 본 선물 중에 가장 아름다웠거든.

7년 전 다슬이가 처음 운 순간, 아빠는 한 걸음도 못 움직였단다. 아빠가 풀어 본 선물 중에 가장 설레었거든.

7년 전 다슬이를 처음 안은 순간, 아빠는 숨도 쉴 수가 없었단다. 아빠가 안아 본 선물 중에 가장 깨지기 쉬워 보였거든.

7년 전 다슬이가 처음 젖을 빨 때, 아빠는 양손을 꼭 쥐었단다. 아빠가 간직해 본 선물 중에 가장 소중했거든.

7년 간 다슬이가 웃을 때마다, 아빠는 마음속으로 다짐했단다. 다슬이가 가지게 될 가장 좋은 선물이 아빠가 돼야겠다고.

다슬아, 7년 전에도 고맙고 7년간도 고맙구나.

일곱 번째 생일을 고마워하며 축하한다.

사랑한다, 다슬아.

2016년 7월 5일

비 오는 날의 출근길

들숨이 맵지 않아 좋습니다.

사방에서 들리는 소리가 좋습니다.

부끄러운 반바지가 되지 않아 좋습니다.

종아리에 터지는 물방울이 좋습니다.

뽀득뽀득 샌들이어서 좋습니다.

요맘때 만난 한 여자를 추억할 수 있어서 좋습니다.

2016년 7월 28일

머릿속이 하얗게 된다는 것

거제도 씨월드에서 다슬이가 벨루가를 처음 봤습니다. 무척 좋아합니다. 지하로 내려가니 큰 유리를 통해 여러 마리의 벨루가들이 자유롭게 노니는 모습을 가까이서 볼 수 있습니다. 유심히 벨루가들을 관찰하던 다슬이가 저와 아내를 향해 큰 소리로 외칩니다.

"아빠! 벨루가 고추다!"

하필 벨루가 두 마리가 짝짓기 중이었습니다. 저와 아내가 멍한 표정이 되어 가고 있을 때, 다슬이가 다시 외칩니다.

"아빠 봐봐. 고추다!"

옆에서 헛기침만 하던 사람들이 낄낄대고 웃습니다. 머릿속이 하얗게 된다는 게 어떤 건지 확실히 알게 되었습니다.

2016년 8월 1일

변명

아내가 집에서 연습하는 동안 본가에서 부모님과 흑염소를 먹으러 갔습니다. 이런 날은 아내가 못 먹는 음식을 먹으러 갑니다. 부모님도 좋아하시고 다슬이도 아주 잘 먹습니다. 소고기, 돼지고기보다 훨씬 더 맛있답니다.

저녁에 다슬이가 아내에게 묻습니다.

"엄마는 왜 못 먹는 게 많아? 어른이."

뜨끔한 아내가 변명을 합니다.

"엄마는 엄마의 엄마가 골고루 안 주셨어. 다슬이는 골고루 먹어서 어른이 되면 못 먹는 음식이 없도록 해."

"외할머니는 잘 챙겨줬는데 엄마가 골고루 안 먹은 거겠지."

아내는 얼음이 됩니다. 그 곁에서 저는 소리 죽여 웃습니다.

2016년 8월 10일

아빠가 제일 싫어하는 사람

"아빠, 아빠가 제일 싫어하는 사람 봤어."

"그게 누군데?"

"할머니 집에서 나오는데 담배 물고 오토바이 타고 가는 아저씨 봤어."

2016년 8월 15일

공짜 치료

치과 진료비를 돌려받을 수 있는 치과 보험 광고를 보던 다슬이가 묻습니다.

"할머니, 치과 진료비가 비싼 거예요?"

"응. 비싼 편이지."

다슬이가 입을 아주 크게 벌리고 웃습니다.

"와, 내가 치과의사 딸이니까 아빠가 공짜로 치료해 주는 거네요. 호호호. 할머니도 걱정 마세요. 할머니는 다슬이 할머니니까 아빠가 공짜로 해 주겠지요!"

2016년 8월 18일

기특한 내 딸

다슬이 할머니가 보내 주신 메시지입니다.

[점심에 고추장아찌 청양고추 맛보느라고 먹었는데 그 매운 맛이 어디선가 퍼지는 느낌, 속 쓰림이 한 5분 정도 계속되더라고. 얼마나 쓰리고 아픈지 땀은 비 오듯이 쏟아지고. 약 찾아 먹고 설탕물 마시고 진통이 줄어드는가 싶더니 이번엔 또 추운 거야. 그래서 침대에 누웠지. 정말 아주 혼났어. 그런데 다슬이가 그걸 보고 "아플 때도 됐지. 할머니 쉬어" 하면서 베개 주고 이불 꺼내 주고 ㅎㅎ 다 컸다.]

2016년 8월 30일

차별

자전거를 고치러 가는 길에 송중기 사진이 붙은 술 광고 포스터가 많은 것을 보고는 다슬이가 묻습니다.

"왜 송중기 아저씨가 술병을 들고 있어?"

"저 술 먹으라고 광고하는 거야. 다슬아, 아빠 술 먹는 거 어때?"

"나빠."

"그럼 아빠한테 술 먹자고 하는 선후배 아저씨들은?"

"나빠."

"그럼 저렇게 술병 들고 '이 술 마셔요' 하는 송중기 아저씨는?"

"좋아."

"너, 너무한 거 아니냐?"

2016년 11월 9일

모닝엔젤

아빠가 없는 아침, 늦잠을 자고 싶은 엄마를 다슬이가 깨웁니다.

"엄마 일어나. 아침이야."

깨지 못하고 눈만 껌벅거리고 있으니 다슬이가 커튼을 열어 버립니다. 아내는 남편은 분명 없는데 남편이 있는 것 같은 신기한 경험을 합니다.

다음 날, 할머니 집에서 아침을 맞은 다슬이가 같은 시각에 할머니를 깨웁니다.

"할머니, 일어나."

적당해진 온도의 향기로운 꿀잠을 마시려다 잔을 엎어 버린 다슬 할머니가 말합니다.

"다슬아, 오늘은 유치원도 안 가는 날이니까 늦잠 자도 돼."

"아니야. 매일 같은 시각에 일어나야 해. 어제도 내가 엄마 깨웠어."

"왜?"

"우리 집 알람시계가 골프 치러 갔거든."

2016년 11월 16일

쪽지

출근 인사를 마치고 엘리베이터 앞에 서 있는데 현관문이 열리며 다슬이가 쪽지를 건네줍니다. 쪽지에는 이렇게 쓰여 있습니다.

"술 X"

2016년 12월 19일

떡볶이

아주 오랜만에 아내와 단둘이 떡볶이를 먹습니다.

연애할 때와 같은 점

- 여전히 떡볶이는 맛있음, 여전히 떡볶이를 흘림

연애할 때와 다른 점

- 화장을 내 앞에서 고침, 땀을 흘리는 사람이 바뀜

5부

다슬이 여덟 살

다슬이의 세상이 점점 넓어집니다.

다슬이를 향한 제 사랑은

점점 깊어집니다.

2017년 1월 12일

예비소집일

어제는 다슬이의 초등학교 입학 전 예비소집일이었습니다. 다슬이와 다슬 엄마는 설레는 마음에 예정된 시각보다 일찍 가서 기다리기로 했습니다. 제일 먼저 도착했답니다. 가서 보고 느낀 걸 세세하게 설명해 달라고 며칠 전부터 보챈 다슬 아빠 때문입니다.

학교에 가 보니 아이들은 오지 않아도 되고, 그저 입학 전 해야 할 병원 검진 등에 대한 알림과 방과 후 수업 소개가 전부였답니다. 유치원 친구들이 대부분 같은 학교로 진학한다는 사실 말고는 다슬이를 설레게 할 만한 것은 없었습니다.

예전에 혼인신고와 출생신고를 하러 두근거리는 마음으로 동사무소에 갔다가 김이 샌 적이 있습니다. 서류 작성을 마치고 나니 담당 직원이 건조하게 한마디 했습니다.

"다 끝나셨습니다."

그때 든 생각이, '내가 동장이라면 출생신고나 혼인신고를 하러 온 사람이 서류 작업을 끝내면 방송을 할 텐데'였습니다. "여러분, 새롭게 시작하는 이분(들)의 행복한 앞날을 위해 축하의 박수를 쳐 드립시다"라고요.

제가 교장이라면 소집일에 온 학생과 학부형을 위해 이렇게 방송하겠습니다.

"사람의 운명을 결정하는 세 가지가 있습니다. 부모, 선생님, 친구. 여러분이 있는 이곳 학교엔 그 두 가지가 있습니다. 저희는 부모님 같은 선생님이 되어 드리겠습니다. 여러분은 선생님의 친구가 되어 주세요. 환영합니다."

제가 너무 과한 걸 기대했나 봅니다.

2017년 1월 15일

서로 다른 기억

예전에 쓴 '아내를 처음 만난 날'을 본 아내가 제 글 아래에 당시 자신의 시점을 괄호 안에 넣어 보내 줬습니다.

그때 그날엔 제가 좀 더 말랐습니다.

(그때 전 좀 더 통통했습니다.)

별로 내키지 않는 모임이었습니다.

(저 역시 그랬습니다.)

친구 원장들도 그때 옆에 있었습니다.

(지금은 연락도 잘 안 되는 대학친구들이 제 옆에 있었습니다.)

비싸진 않은 옷이지만 나름 최대한 꾸민 상태였습니다.

(첫 TV 출연이라 완벽세팅 무대화장을 하고 나갔습니다.)

남녀 오십 명씩 총 백 명이나 있었습니다. 당시 진행을 돕던 신인개그맨들이 지금은 간판스타를 지나 원로 대접을 받습니다.

그날 제 눈에 띈 한 여학생이 있었습니다.

(그날 녹화 끝날 때까지 남편에 대한 기억은 전혀 없습니다.)

그땐 그 여학생이 더 통통했습니다. 한껏 화장했지만 앳된 모습을 가리진 못했습니다.

(방송 녹화 내내 남편은 제 눈에 전혀 안 들어왔습니다.)

계속 눈이 가더니 어느새 제 가슴속에 들어와 앉아 있었습니다.

(관심 없었습니다.)

전 그날 말이 많았습니다.

(뒤풀이에 가서야 남편을 처음 보게 됐고, 제 느낌은 딱 여자 많이 꼬셔 본 상 날라리였습니다.)

안 하던 행동도 많이 했습니다.

(주변 사람들이 다 눈치채도록 아주 티 나게 저만 챙겨서 전 확신했습니다. 그리고 다짐했습니다. '저 날라리오빠를 피해서 얼른 집에 가야겠다!')

오히려 여학생은 말이 줄었습니다.

(말 섞기 싫었습니다.)

그녀의 가슴에 들어갈 틈을 조금도 주지 않았습니다.

(절대 틈을 주지 말자 다짐했습니다.)

전 그녀를 조금이라도 더 붙잡아 두려 온갖 꾀를 동원했습니다. 그녀는 조금이라도 빨리 그 자리를 피하고 싶은데 핑계거리를 찾지 못해 할머니가 정해 주신 통금 시간만 기다렸습니다.

(통금 시간을 주신 할머니의 사랑이 진정 고마웠습니다.)

결국 전 연락처를 받아냈습니다.

(연락처 받는 수법을 보니 바람둥이인 게 분명했습니다.)

엉겁결에 연락처를 알려 준 그녀는 후회하는 듯했습니다.

그날은 앞으로 멋진 일이 일어날 거란 기대에 잠들 때까지 두근거림이 멈추지 않은 날이었습니다.

(그날은 연락처를 바보같이 불러 버린 제 어수룩함에 밤새 이불 킥을 날리며 잠 못 든 날이었습니다.)

_1996년 7월 9일에 대한 서로 다른 기억

2017년 2월 18일

졸업식

어제 다슬이가 엘리베이터에 타면서 누구는 무슨 상을 받고 누구는 무슨 상을 받는데 본인은 아무 상도 못 받는다고 말했습니다. 얘기를 들어 보니, 상을 못 받는 아이들이 꽤 많은 모양이었습니다.

"아빠는 매일 상 받는데."

다슬이 눈이 동그래집니다.

"아빠상은 요기 있지!"

다슬이 얼굴을 두 손으로 감싸 쥐었습니다. 그 의미를 조금 후에야 이해한 다슬이가 웃습니다.

"아빠는 다슬이가 아침에 일어날 때마다 '다슬상'을 받고 있어."

오늘 다슬이의 유치원 졸업식에 양가 부모님께서 오셨습니다. 양가 첫 손녀라 의미가 남다르신 모양입니다. 전 환자 입안에 시선을 둬야 하는 시간이라 졸업식엔 참석하지 못했습니다.

다슬아, 다슬이가 아빠에게 상이듯 아빠도 다슬이의 상이 되도록 노력할게!

(오늘 보니 상을 몇 개 타 왔습니다.)

2017년 2월 20일

정말 괜찮아?

며칠 전, TV를 보다가 군대에서 훈련받는 군인들의 몸 여기저기에 생채기가 난 모습에 다슬이가 "아프겠다"고 합니다.

"다슬아, 군대에서 저 정도 다치면 뭐라고 하는지 알아?"

"뭐라고 하는데?"

"그 정도로는 안 죽어. 그냥 계속해."

"왜?"

"상처가 별로 안 크니까 그렇지."

"……."

어젯밤 호두를 까서 다슬이와 아내를 먹이는 중에 날카로운 껍질에 왼손 엄지를 살짝 베었습니다. 피가 조금 나길래 휴지로 살짝 닦고, 다시 호두 까는 일을 계속했습니다. 그런데 옆에 있는 다슬이 표정이 좋지 않습니다.

"아빠, 괜찮아?"

"응. 괜찮아. 상처가 얕아."

"정말 괜찮아? 그만 까. 안 먹어도 돼."

"다슬아, 아빠 정말 괜찮아. 이건 상처도 아니야."

다슬이가 어느새 제 등 뒤에서 절 안고 있습니다.

"아빠 많이 아프지…."

호두 까기가 끝나고, 씻고 잘 준비를 하는데 다슬이가 평소보다 말을 잘 듣습니다. 그리고 제 앞을 지나칠 때마다 묻습니다.

"아빠, 괜찮아?"

그동안 모서리에 살짝 부딪혀서 우는 다슬이에게 했던 말들이 불현듯 떠오릅니다.

"다슬아, 피 안나."

"다슬아, 멍도 안 생기겠다."

"다슬아, 군인 아저씨들은 말이야…"

그런 말들이 잘못된 반응이었다는 걸 이번에 확실히 이해하게 됐습니다.

다음에 또 그런 일로 다슬이가 울면, 다슬이를 꼭 안아 주고 "다슬아, 괜찮아?" 하고 계속 묻겠습니다.

2017년 3월 14일

여성 전용 주차

어제 코이마 합창단 연습이 있었습니다. 매주 월요일 영락교회에서 연습합니다. 마침 아내가 차로 절 데리러 온답니다. 운전을 잘하는 아내는 주차도 잘합니다. 후면 주차 시 대개 한 번에 댑니다.

역시나 한 번에 댈 모양입니다. 거의 댈 무렵 제가 한마디 합니다.

"여기 여성 전용이야."

아내가 화들짝 놀랍니다.

"어 그래?"

순간 다른 곳에 대려고 변속기에 손을 대던 아내가 멈칫합니다.

"아 그럼 맞는 거잖아. 잘못 주차한 줄 알았네."

본인도 헷갈리나 봅니다.

2017년 3월 30일

긴 하루, 큰 감사

어제 일입니다. 다슬이가 귀 수술을 하게 되어 아침 6시에 일어나 병원 갈 준비를 합니다. 어머니도 전날부터 오셔서 같이 주무셨습니다. 병원을 향하는 길의 다슬이는 마치 소풍을 가는 아이 같습니다.

8시 수술이지만, 7시에 도착해 이것저것 지시사항을 듣고 준비를 합니다. 수술 날짜만 기다려왔는데, 막상 환자복으로 갈아입은 다슬이를 보니 마음이 편하지 않습니다. 그 와중에 수술 준비실에 함께 들어가기 위해 수술복을 입고 있는 아내의 모습에서, 아내는 간호사보다 피아니스트가 되길 잘했다란 생각이 언뜻 스쳐 지나갔습니다. 다슬이는 "피 뺄 때보단 덜 아프겠지" 하며 웃습니다.

할머니와도 즐겁게 얘기하던 다슬이가 아내와 함께 수술 준비실로 들어갑니다. 수술 준비실에서 링거 바늘을 꽂고 눈물을 찔끔 흘리고 옆을 보니, 비뇨기과 수술을 받으러 와서 절규하는 남자아이가 있었답니다.

"안 잘라, 엉엉. 안 자를 거야, 엉엉."

수술실로 향하는 카트에서 다슬이가 선생님들에게 질문을 합니다.

"귀에 넣는 튜브가 무슨 색이에요?"

처음 보는 다양한 장비와 기구들을 보며 꽤 신이 난 모양입니다.

대기실 밖에서 어머니와 함께 기다리고 있는데 들어간 지 얼마 되지도 않았는데 대기실 문이 열리면서 크고 잘생긴 얼굴의 녹색 옷을 입은 간호사가 뛰어나옵니다. 낯이 많이 익습니다.

"다슬 아빠…."

아내입니다. 저와 어머니는 가슴이 철렁했습니다.

"왜, 왜 무슨 일…."

"내 가방에서 충전기 좀 꺼내 줘. 다슬이가 핸드폰 써서 배터리가 다 나갔…."

"……."

다행입니다.

전 수술이 끝났다는 문자를 받곤 출근을 하러 병원을 나왔고, 조금 뒤 아내도 병원을 떠났습니다. 아버지가 회복실에서 다슬이 곁을 지키고 계신 어머니께 밥을 먹고 오라고 하셨습니다.

"다슬이도 못 먹고 있는데 어떻게 내가 먹어요. 기다렸다가 같이 먹을 거예요."

두 분의 대화를 가만히 듣고 있던 다슬이가 감동을 받은 모양입니다.

"할머니, 우리 할머니밖에 없어요. 감동이에요."

"내가 감동이야. 다슬아! 수술 잘 받아서 고마워."

"할머니, 근데 이건 가족 카톡방에 올리지 마세요. 엄마가 보면 상처받을 거예요. 엄마한테는 그런 말 한 번도 해 준 적이 없거든요."

다슬이의 상태가 궁금한 제가 카톡으로 어머니께 묻습니다.

"다슬이 이제 잘 들린대요?"

"집에 왔는데 아버지하고 이야기하면 시끄럽다고 조용히 하시래."

집에 온 다슬이에게 아내가 말합니다.

"다슬아, 너 마취할 때 선생님이 풍선 불라고 했는데 바로 잠들었어."

다슬이가 웃으며 말합니다.

"다음에 더 잘 불어야겠다."

다슬아, 그 풍선 이젠 더 불 일이 없었으면 좋겠다.

2017년 4월 13일

여행 계획 변경 예정

예전에 찍은 동영상을 찾아 가족 카톡방에 올렸습니다. 본가에서 찍었던 것으로, 영상 속 다슬이는 아직 말도 못하는 아기입니다.

어머니가 다슬이에게 저녁 분유를 먹이려고 하십니다. 더 놀고 싶은 다슬이는 젖병꼭지를 입에 대 주면 고개를 돌려버리며 젖병을 가지고 놉니다. 다슬이가 행동을 따라 하게 하시려고 어머니가 곁에 있는 인형들의 이름을 하나하나 부르십니다.

"루피도 먹어라, 뽀로로도 먹어라…. 다슬이도 먹어라."

할머니의 말에 맞춰 젖병을 인형 입에 대 주던 다슬이가 정작 본인 이름이 나오니 젖병을 입에 대지 않습니다. 어머니는 그 모습도 좋아하시며 끊임없이 놀아 주십니다.

그 영상을 본가에 있는 다슬이에게도 보여 주시라고 어머니께 말씀드렸습니다.

다음 날 교회에서 만난 다슬이에게 물었습니다.

"다슬아, 동영상 봤지? 어땠어? 그런 할머니 마음을 다슬이가 나중에 다슬이 딸한테도 전해 줄 수 있을까?"

"응, 봤어. 근데 아빠?"

"응, 왜?"

"난 그때 거기에 없지."

"무슨 말이야?"

"그땐 엄마가 내 딸 봐 줘야지."

너무 웃겨서 아내에게도 얘기해 주려 하자 다슬이가 다급하게 말을 막습니다.

"아빠, 이건 둘만의 비밀이야."

다슬 엄마! 다슬이 시집보내고 세계여행 가기로 한 거 그 전에 갔다 와야 할 것 같다.

2017년 4월 18일

기본

어제 일입니다. 아침 식사 시간에 밥을 김으로 열심히 싸 준 엄마에게 다슬이가 말합니다.

"김은 따로 먹을 거야."

약간 투정이 섞여 있기에 맞은편에 있던 제가 다슬이에게 물었습니다.

"다슬아, 다슬이는 공주님이고 엄마는 뭐야?"

제가 무슨 말을 하는지 아는 다슬이가 조용히 있습니다.

"다슬아, 엄마는 여왕님이야. 하녀가 아니야."

"네."

다슬이와 함께하는 등굣길에서 고학년 여자아이가 할머니가 태워 준 자전거에서 내리며 할머니에게 날카롭게 쏘아붙이는 것을 봤습니다.

"싫다고 했잖아. 그냥 가. 가라고!"

할머니는 연신 미안한 표정으로 손녀의 눈치를 살피고, 여자아이는 더욱 화를 냅니다. 같은 장면을 목격한 다슬이에게 물었습니다.

“다슬아, 방금 저 언니 행동 어떤 것 같아?”

“잘못된 것 같아.”

“다슬아, 아까 밥 먹을 때 아빠가 왜 그랬는지 알겠지? 다슬이가 계속 그렇게 행동하면 나중에 저 언니처럼 행동하게 돼.”

“네.”

“다슬이가 막 행동해도 되는 사람은 세상 어디에도 없어.”

“응.”

정문에 서 있는 교통도우미 분께 다슬이와 함께 인사를 하고 다슬이를 들여보내는데 뒤에서 아주 예쁘게 인사하는 목소리가 들립니다. 뒤돌아보니 아까 그 아이입니다. 그 인사를 반만 나누어 할머니께 드렸다면 좋았을 텐데….

다시금 기본에 대해 생각하는 아침이었습니다.

2017년 4월 19일

사랑고백

“다슬이는 아빠를 사랑합니다.”

“아빠는 다슬이를 사랑합니다.”

다슬이와 저는 하루에도 몇 번씩 서로에게 이 말을 합니다. 몇 년 전부터 해 오던 것입니다. 요즘은 이 말을 먼저 많이 한 사람의 소원을 들어주는 게임도 합니다. 규칙은 간단합니다. 매 시간마다 한 번씩 할 수 있고, 먼저 하는 사람이 포인트를 얻습니다. 덕분에 눈뜨면서 시작한 사랑고백을 자기 전까지 합니다. 포인트를 세는 건 다슬이 몫입니다.

목표 점수를 채운 다슬이가 소원 빌 기회를 얻었습니다.

“다슬이 소원은 무엇입니까?”

“아빠가 술을 조금 먹게 해 주세요.”

“하하. 다슬이의 소원이 이루어졌습니다.”

이후 술자리 횟수가 줄었습니다.

오늘도 눈뜨자마자 저희 부녀는 사랑을 고백했습니다.

수없이 사랑 고백하는 하루 어떠신가요?

2017년 4월 28일

달리기

다슬이 학교에서 소 운동회를 했습니다. 달리기 경주를 준비하며 출발선에는 아내가, 도착선엔 제가 서 있었습니다. 깃발이 올라가는 걸 잘 보고 뛰라 했더니 이미 알고 있답니다. 힘껏 달린 후 3등을 했다고 무척 좋아합니다. 잘했다고 칭찬해 주었습니다.

그런데 동영상을 자세히 보니 2등입니다. 다슬이가 돌아오면 알려 주려 합니다. 이런 경우가 다슬이 인생에서 많을 것이고, 그때마다 현명하게 행동하라는 말과 함께요.

무조건 따지지도 무조건 승복하지도 말라고. 때론 바로잡고 때론 멋지게 승복하라고.

2017년 4월 30일

헌시

십이년 바로오늘 한여자와 결혼해
사년을 한결같이 알콩달콩 지내다
둘만의 추억으론 부족하다 생각돼
아이를 기다리나 바로등장 안하여
속상한 마음으로 하루하루 보내니
부부도 부모님도 아쉬운맘 뿐이라
어느날 기다리던 입덧하는 아내를
한달음 병원으로 데려가서 진찰해
야속한 선생님은 상상임신 이라네
실망한 부부간에 알콩달콩 사라져
우리의 인생속엔 아이선물 없는가
계속된 무덤덤이 익숙해져 갈때쯤
오년째 들려줬던 임신이란 아내말
아내가 감사하고 감사하고 감사해
아들을 기대하고 마음놓고 있던중
딸이란 선생님말 머리속이 하얘져

여자들 상처주고 장난쳤던 과거를
뉘우칠 시간인가 하나님의 배려가
결혼후 십이년째 공주온지 팔년째
아내에 감사하고 하나님께 감사해
앞으로 남은인생 계속해서 사랑해
이한몸 부서져라 두여자에 헌신해
다슬아 다슬엄마 이아빠를 기대해

2017년 5월 27일

누가 잡혀 사는가

어제는 다슬이 반 아이들의 생일파티가 있었습니다. 4, 5월생 아이들을 모아서 축하해 주는 자리였습니다. 같은 반 친구들 대부분과 엄마들까지 꽤 많은 인원이 모인 듯했습니다. 모임 장소를 10시까지 빌렸다며 어제 하루만큼은 좀 늦게 귀가하겠다고 아내가 제게 통보했습니다.

예상 도착 시각이 지나도 귀가하지 않는 두 여자가 걱정돼 전화를 해 보니 일부 아이들과 엄마들이 집 앞 치킨 집에 간답니다. 더 놀고 싶어 하는 아이들과 더 놀고 싶은 엄마들의 마음이 일치했나 봅니다. 아빠가 안 된다고 할 걸 아는 다슬이가 엄마를 통해 제게 청탁해 봅니다. 전 더 놀다 오라 했습니다.

집에 들어와 목욕을 하던 다슬이가 아내에게 묻습니다. 다른 엄마들은 남편에게 묻지 않는데 유독 아내만 제게 전화로 허락을 구하는 모습이 이상했나 봅니다.

"엄마, 다른 집 아빠들은 엄마들한테 붙잡혀 사는데 엄마는 왜 아빠한테 붙잡혀 살아?"

욕실 문이 열려 있었기에 욕실에 있던 아내와 거실에 있던 제가 동시에 웃음이 터졌습니다. 한걸음에 욕실로 간 제 앞에서 아내가 웃으면서 이야기합니다.

"다슬아, 엄마 아빠한테 붙잡혀 살지 않아."

저도 한마디 거듭니다.

"다슬아, 엄마가 아빠한테 붙잡혀 사는 것 같아? 근데 이건 또 어디서 들은 거야?"

"응, 우리 집은 다 반대야."

아시다시피 제가 붙잡혀 살고 있습니다. 부디 오해 없으시길….

2017년 6월 27일

고기 한 조각

백종원의 간단 소불고기 레시피를 보고 무작정 따라 해 봤습니다.

두 윤 씨가 함께 고기에 양념이 배도록 열심히 고기를 주무릅니다. 둘이서 하다 보니 타이밍이 맞지 않아 3센티미터가량의 고기 한 조각이 양푼 밖으로 떨어집니다. 쳐다보는 다른 윤 씨에게 말합니다.

"다슬아, 바닥에 떨어진 거니까 그냥 두자."

"응."

다시 열심히 주무릅니다.

다른 걸 준비하던 함 씨가 진행상황을 체크하러 와서는 아무 말도 없이 바닥에 떨어진 고기 조각을 양푼에 넣어 버립니다. 고기를 주무르던 두 윤 씨가 함 씨를 봅니다.

"떨어진 고기를 왜 넣어, 더럽게."

"엄마!"

"……."

겸연쩍어 말도 못하고 두 윤 씨를 바라보던 함 씨는, 고기 한 조각을 덜어 바닥에 떨어뜨립니다.

또 놀란 두 윤 씨.

"그건 아까랑 다른 거잖아."

"엄마!"

"……."

더 겸연쩍은 함 씨가 이번에는 본인이 땅에 떨어뜨린 고기를 다시 양푼에 넣습니다. 멘붕 상태의 두 윤 씨는 절규합니다.

"아 진짜 뭐 하는 거야."

"아 진짜 엄마!"

"……."

다슬아, 미안하다. 엄마가 많이 바빠.

2017년 8월 9일

거짓말

지난주, 어머니가 버스 정류장에서 넘어지셨습니다. 경황이 없어 한참 후에나 이가 깨진 걸 알았다고 하십니다. 전화로 상황을 여쭤 보니 뭔가에 걸려 넘어지셨답니다. 다음 날 바로 치료를 해 드렸습니다.

다친 날 밤에 아버지께서 문자로 '사실'을 알려 주셨습니다. 달려오던 자전거와 충돌해서 생긴 일인데 모르는 척해 달라십니다. 아마 아들이 알면 방방 뛸 게 걱정이셨나 봅니다.

사실 전 어머니와 전화통화를 할 당시 이미 예상하고 있었습니다. 절대 넘어져서 다칠 수 있는 상황이 아니라는 것을요. 제 전공 보존과가 치아외상 전문입니다. 다른 곳의 상처와 종합해 볼 때 치아만 다치긴 어렵습니다. 수화기 너머 어머니의 마음을 읽었기에 더 이상 캐지 않았을 뿐입니다. 그래도 평생을 같이한 남편에게는 사실을 말씀하신 겁니다. 치료 당일 어머니는, "그래도 아들이 치과의사라 걱정이 안 되더라"며 웃으셨습니다.

아내는 시어머니 얘기를 그대로 믿고 있습니다. 그런데 옆에서 할머니가 다치는 걸 본 다슬이 녀석은 할머니와 약속을 했는지 아직도 사실을 얘기하지 않습니다.

아들이, 아빠가 마음 상하는 게 뭐 그리 대수라고….

2017년 8월 14일

소녀 다슬

다슬이는 머리카락 자르는 것을 극도로 싫어합니다. 그런데 다슬이가 갑자기 단발을 하겠답니다.

“엄마, 나 머리 자를래! 단발로.”

당황한 아내가 묻습니다.

“그 긴 머리를 아까워서 갑자기 어떻게 다 자르니?”

살짝 눈빛이 흔들린 다슬이가 말합니다.

“그럼 어깨까지라도….”

아내는 갑작스런 다슬이의 태도 변화가 자못 걱정됩니다.

“어린애가 실연당한 것도 아닐 테고, 아님 다른 여자애 머리가 예뻐 보였나?”

전 다슬이에게 장난삼아 묻습니다.

“다슬아, 남자 생겼냐?”

“아니 흐흐.”

많은 생각으로 복잡할 무렵 다슬이 할머니가 비밀을 말씀해 줍니다.

“다슬이가 아침에 티셔츠를 입는데 머리를 쏙 빼다 보니 머리카락이 다 못 빠져 나와서 단발머리처럼 보인 거야. 그러자 다슬이가 '우아 예쁘다' 이러더니 자르겠다고 하네."

네, 이유는 다슬이의 자백입니다.

미용실에 온 다슬이가 디자이너 선생님께 구체적으로 이야기하기 시작합니다.

"선생님, 머리는 어깨까지 잘라 주시고요. 끝은 물음표 모양으로 구부러지게. 앞머리도 눈썹까지 자르고…."

소녀 다슬의 시작입니다.

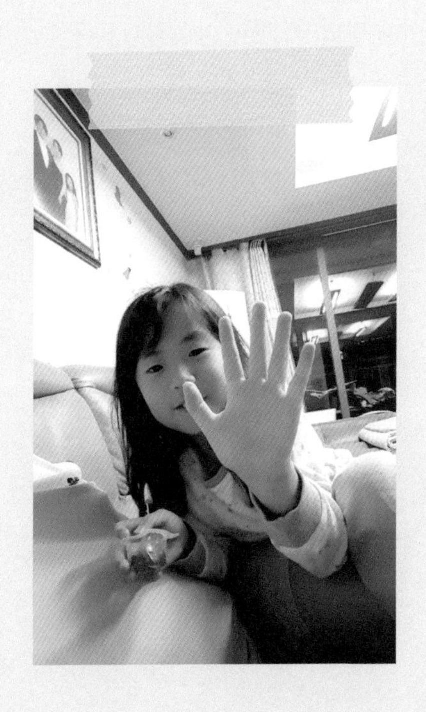

2017년 10월 1일

세 가지 깨달음

할머니 집에 간 다슬이가 세 가지 깨달음을 얻었답니다.

첫째, 부침개는 아삭한 김치랑 먹어야 제맛이다.

둘째, 라면은 수프를 넣어야 제맛이다.

셋째, 때는 때수건으로 밀어야 개운하다.

"이걸 왜 이제 알았지" 하며 아쉬워했답니다.

2017년 10월 9일

계속 안경을 써야 하는 이유

"아빠, 보청기가 뭐야?"

"눈이 안 좋으면 안경을 쓰는 것처럼 귀가 안 좋으면 귀에 끼는 거야. 그걸 쓰면 잘 들려."

"그럼 나이 들면 누구나 다 써야 해?"

"아니. 청력이 나빠지지 않게 조심하면 되고, 또 나빠져도 좋게 하는 기술도 있어서 누구나 다 보청기를 써야 하는 건 아니야. 눈이랑 비슷해. 아빠도 수술하면 안경 안 써도 돼."

"아빠는 수술하지 마."

"왜?"

"아빠는…."

"…?"

"아빠는 안경 벗으면 못생겼어."

2017년 10월 9일

화살

“다슬아, 너는 어린이집 처음 간 날도 안 울고, 엄마는 돌아보지도 않고, 막 들어가서 놀았대.”

“엄마 가슴에 화살을 쐈군.”

2017년 10월 11일

등굣길 풍경

간지러운 가을비가 내리는 아침에 더 간지러운 딸과 함께 집을 나섭니다.

엘리베이터에서 마주친 노부부께 드리는 인사가 빠진 앞니로 새어 나옵니다. 인사는 미소가 되어 돌아옵니다.

거의 생기지 않을 것들로부터 딸을 보호하기 위해 아빠는 한 걸음 앞에 갑니다. 딸을 보고 땅을 보고 차를 보고 물웅덩이를 봅니다.

학교 가는 동안에도 재미있는 일이 없을까 궁리하는 딸은 한 걸음 뒤에 갑니다. 친구를 찾고 첨벙일 데를 찾고 찻길 뒤 곤충소리를 찾습니다.

학교 정문에서 둘은 잠시 헤어짐의 인사를 합니다. 헤어짐이 아쉬운 아빠는 딸에게 친구들과 재미있게 놀라고 합니다. 친구들과 놀고 싶은 딸은 아빠에게 저녁에 만나자고 합니다.

2017년 10월 29일

형제 사랑

아내와 나란히 앉아서 예배를 드립니다. 목사님께서 인사를 나누라고 하십니다.

"옆 사람에게 고백하겠습니다. 당신은 나의 형제입니다."

저와 아내는 서로 쳐다보면서 고백했습니다.

"당신은 나의 형제입니다."

목사님이 어떻게 아셨을까요?

2017년 10월 29일

여기까지!

아내가 다슬이에게 말합니다.

"다슬이가 벌써 친구들을 더 좋아하는 것 같아."

"응."

"으응? 좋아. 엄마가 다슬이 닮은 남동생을 하나 만들어야겠다."

제가 얼른 끼어듭니다.

"안 돼, 남자애는. 빽빽 울기만 할 것 같아. 다슬이한테 여동생을 만들어 줘야지. 그래야 울어도 예쁘지."

다슬이가 단호한 목소리로 말합니다.

"자, 이 대화는 여기까지 합시다."

2017년 11월 9일

여우

잠자기 전 다슬이와 소곤거립니다.

"다슬이는 어떤 남자가 좋아? 잘생긴 남자, 잘 놀아 주는 남자, 똑똑한 남자."

"똑똑하고 잘생기고 잘 놀아 주는 남자."

"다슬아, 그런 남자가 어디 있냐."

다슬이가 제 얼굴을 두 손으로 잡고는, 콧소리를 가득 담아 말합니다.

"똑똑하고 잘생기고 잘 놀아 주는 남자 여기 있네. 안경 벗으면 좀 아니지만."

"이 여우 같으니라고."

2017년 11월 9일

날개 없는 천사

아침에 잠에서 깨고 있는 다슬이에게 말합니다.

"다슬이는 엄마 아빠한테 웃음 주러 온 천사 같아."

"히히."

"다슬아, 등에 있던 날개는 어디에 둔 거야?"

"엄마 뱃속에 두고 나왔어."

"그러니까 엄마 배가 볼록하지. 가지고 나왔어야 해."

"세게 잡아 당기길래 두고 나왔어."

2017년 11월 10일

유구무언

어제의 음주로 속이 헛헛합니다. 아내는 선물 받은 사과파이를 빨리 먹어야 한다며 파이로 아침을 대신하고, 식탁 위에는 저를 위한 흰쌀밥이 놓여 있습니다. 제가 흰밥만 좋아하기 때문입니다. 그리고 그 옆엔 며칠 전 어머니가 해 주신 배춧국이 있습니다.

밥을 몽땅 국에 맙니다. 밥알이 국물을 머금게 해 두곤 우유를 컵에 따릅니다. 유통기한이 3일이나 남았습니다. 전에 한참 지난 걸 먹은 이후로는 꼭 확인합니다.

국물 먹은 밥을 크게 떠서 입안에 넣고 씹으려는데, 약간 시큼합니다.

"다슬 엄마, 이거 원래 이렇게 시었나?"

아내는 전혀 놀라는 기색이 없습니다.

"쉬었나 보다. 뱉어."

반쯤 넘어가다 만 국물 잔뜩 먹은 밥을 뱉습니다.

"다슬 엄마, 혹시 내 이름으로 보험 새로 들었어?"

뭔 헛소리냐는 표정의 아내가 밥을 새로 풉니다. 세 숟가락

정도의 밥만 덜렁 줍니다. 사과파이에 집중하고 있는 아내를 쳐다보니 아내가 사과파이를 내밀며 묻습니다.

"모자라면 이거 먹을래?"

"아니."

세 번에 밥을 다 먹고 식탁에서 일어납니다. 술 먹고 들어온 사람이 무슨 큰 소리를 내겠습니까. 그저 앞으론 국물도 상태를 확인하고 먹어야겠다고 다짐할 뿐입니다.

2017년 11월 23일

치얼업

"다슬아, 엄마가 아빠가 보낸 카톡을 바로 확인도 안 하고, 확인을 해도 답을 안 한다."

"바로 바로 대답하는 것도 매력 없어.

메시지만 읽고 확인 안 하는 건 기본.

이러다가 지칠까 봐 걱정되긴 하고."

다슬이가 뜬금없이 노래를 부릅니다.

"그게 뭐냐?"

"트와이스 치얼업."

2017년 11월 24일

엄마들의 위대함

횡단보도에서 신호를 기다리고 있는데, 유모차를 끌고 있는 엄마 두 분의 대화가 들립니다.

"어디서 고소한 냄새 안 나?"

"그러게. 어디서 나는 거지?"

"아 얘, 똥 쌌나 봐."

제가 초등학교 시절, 세 들어 살던 젊은 아주머니가 얼굴에 미소를 띠운 채 하얀 천에 곱게 덮여 있던 걸 제게 보여 준 적이 있습니다. 보물처럼 애지중지하는 모습이 꽤 귀해 보였습니다.

"정진아, 이거 봐라. 애기가 금방 싼 똥이야. 너무 예쁘지."

"……."

이 이야기를 어머니께 전하던 때의 심정이 아직도 생생합니다.

"아줌마가 이상해."

"정진아, 엄마들은 다 그래. 아기는 그렇게 다 예뻐. 엄마도 그랬는 걸."

"… 엄마도 이상하네."

다슬이를 낳고 아내가 말했습니다.

"오빠, 고생스럽기는 하지만 아이를 낳은 건 정말 잘한 일 같아."

"응, 그래. 잘했어."

"어쩜 똥을 싸도 예쁘지?"

"……."

남자보다 여자가 더 대단하다는 건 가끔 느끼지만, 여자보다 엄마가 훨씬 대단하다는 건 항상 느낍니다.

2017년 12월 4일

아빠는 아직 준비가 안 됐어

날이 꽤 찹니다.

"다슬아, 밖은 꽤 추울 거야."

현관을 나오니 예상보다 바람이 더 세고 더 차갑습니다.

"다슬아, 모자 쓸까?"

"아니, 괜찮은데?"

아파트 단지 문을 통과하니 바람이 더 세집니다.

"다슬아, 안되겠다. 모자 쓰자."

"응, 춥다."

다슬이가 손을 잡습니다. 작년의 다슬이 손이 아닙니다. 찬 바람에 노출되는 면적이 넓어졌습니다. 말없이 다슬이 손을 주먹 쥐게 하고 제 손으로 그 주먹을 감쌉니다. 역시나 주먹을 다 감싸지 못합니다. 치과의사의 손은 커 봐야 환자 턱만 아프기에 크지 않은 손에 늘 만족하고 살았는데, 오늘 아침은 크지 않은 제 손이 많이 원망스럽습니다. 결국 두 손으로 감싸고 갑니다.

"다슬아, 그냥 주머니에 손 넣고 갈까?"

"아니. 이게 좋아."

학교 후문 앞에서 웃으며 인사하고 천천히 헤어집니다. 헤어진 지 5초도 안 돼 학교 담장 위 창살 사이로 서로를 보며 걸어갑니다. 말은 하지 않습니다.

입학 당시에 비하면 등굣길을 함께하던 다슬이 친구 엄마들의 수가 많이 줄었습니다. 네, 저는 알고 있습니다. 다슬이가 혼자 갈 수 있다는 걸. 그리고 다슬이는 알고 있습니다. 아직 아빠가 준비되지 않았다는 걸.

2017년 12월 15일

남자가 되다

다른 때보다 머리를 많이 잘랐습니다. 파마로 곱슬곱슬하던 머리카락이 거의 남지 않았습니다. 대부분의 주변 반응은 “이발했어요?” “깔끔하네요” “살 빠졌냐?” “머리가 생각보다 작네”입니다.

다슬이도 한마디 보탭니다.

“이제 여자에서 남자가 됐군. 아빠! 남자가 된 걸 축하해.”

epilogue

딸을 위한 아빠의 사족 같은 조언

다슬아,

네 눈이 앞을 향한 것은 세상과 정정당당히 마주하란 것이고, 네 눈이 두 개인 것은 네가 마주할 세상이 허술하지 않다는 뜻이란다.

다슬아,

네 코가 오뚝한 것은 무슨 일을 하든 자존감을 잃지 말란 것이고, 네 콧구멍이 아래로 향한 것은 숨 쉬는 동안에는 겸손하란 뜻이란다.

다슬아,

네 귀가 두 개인 것은 무슨 일을 결정하기 전에 두 사람 이상의 조언이 필요하단 것이고, 네 귓바퀴가 뒤를 향하지 않은 것은 비겁한 뒷담화는 신경 쓰지 말란 뜻이란다.

다슬아,

네 입이 하나인 것은 한 입으로 두말하지 말고 정확히, 크게 의견을 내란 것이고, 네 입을 다물 수 있는 것은 때론 침묵이 큰 울림이 될 수 있단 뜻이란다.

다슬아,

네 할머니가 옆에 계신 것은 네게 헌신을 가르치고 싶으신 하나님의 계획이고, 네 할아버지가 함께 계신 것은 헌신의 형태는 한 가지가 아니란 뜻이란다.

다슬아,

네 엄마가 바쁘게 사는 것은 노력이란 잠시 잠깐 하는 게 아니란 의미고, 네 아빠가 엄마 옆에 있는 것은 너도 훗날 네가 무슨 일을 하든 너를 격려해 줄 사람을 만나란 뜻이란다.

아빠는 아직 준비가 안 됐어

초판 1쇄 인쇄 2019년 10월 15일
초판 1쇄 발행 2019년 10월 22일

글·사진 윤정진
펴낸이 홍지애
펴낸곳 꿈꾸는인생
주소 서울 마포구 월드컵북로 400 2층
전화 070-4046-2371
팩스 02-6008-4874
이메일 lifewithdream@naver.com

ISBN 979-11-963806-3-2 (03810)

이 도서의 국립중앙도서관 출판예정도서목록(CIP)은 서지정보유통지원시스템 홈페이지(http://seoji.nl.go.kr)와 국가자료종합목록 구축시스템(http://kolis-net.nl.go.kr)에서 이용하실 수 있습니다. (CIP제어번호 : CIP2019039460)